Catálogo da poesia seiscentista da Biblioteca Nacional

Catálogo da poesia seiscentista da Biblioteca Nacional

Com estudo retórico-poético das letras luso-brasileiras no século XVII

Maria do Socorro Fernandes de Carvalho

Lucas van Hombeeck
pesquisador assistente

alameda

Grafia atualizada segundo o Acordo Ortográfico da Língua Portuguesa de 1990, que entrou em vigor no Brasil em 2009.

Publishers: Haroldo Ceravolo Sereza
Edição: Joana Monteleone
Editora assistente: Danielly de Jesus Teles
Projeto gráfico, capa e diagramação: Danielly de Jesus Teles
Revisão: Alexandra Colontini
Imagem da capa: *Detalhe do selo comemorativo de 190 anos da Biblioteca Nacional*

CIP-BRASIL. CATALOGAÇÃO-NA-FONTE
SINDICATO NACIONAL DOS EDITORES DE LIVROS, RJ

C325C

Carvalho, Maria do Socorro Fernandes de
Catálogo da poesia seiscentista da Biblioteca Nacional : com estudo retórico-poético das letras luso-brasileiras no século XVII / Maria do Socorro Fernandes de Carvalho ; pesquisador assistente Lucas van Hombeeck. - 1. ed. - São Paulo : Alameda, 2019.
124 p. ; 21 cm.
ISBN: 978-85-7939-609-0

1. Biblioteca Nacional (Brasil) - Catálogos. 2. Poesia luso-brasileira - Séc. XVII - História e crítica. I. Hombeeck, Lucas van. II. Título.

19-56172 CDD: 869.1090216
CDU: 82-1:017.1(469+81)

ALAMEDA CASA EDITORIAL
Rua 13 de Maio, 353 – Bela Vista
CEP 01327-000 – São Paulo, SP
Tel. (11) 3012-2403
www.alamedaeditorial.com.br

Sumário

Este livro é dedicado a *E. M. Melo e Castro*

Cota introdutória

Até nossos dias, os livros nunca deixaram de ser um engenho especial: sua feitura e fruição continuam plenas de simbologias e afetos, embora o fascínio pelo produto livro no futuro deva significar menos às gerações de pessoas que estão crescendo sem a necessidade premente do papel escrito no cotidiano, leitores que mais são de imagens que da palavra impressa. Ou no nosso presente, em que livros são entendidos como objetos pesados, que causam estorvo nas moradias cada dia mais pequenas.

Na história das pessoas, todavia, houve sempre uma parcela fascinada por livros. Toda a memória das iluminuras com tinta de ouro, pergaminhos, livros salvos da fogueira, roubados, escondidos, contrafeitos; todo o feérico deslumbramento por bibliotecas antigas e livros mágicos compõem a fantasia de quem gosta de ler histórias, ou de quem apenas gosta de possuir objetos em que é gostoso pegar. Nessa fantasia do imaginário livresco aparecem personagens e fatos imemoriais: Andrônico de Rodes compendiou os papéis de Aristóteles, a Biblioteca de Alexandria possuiu cerca de 200 mil rolos de papiro... Mas, um catálogo, que graça pode ter um catálogo?

Este livro-catálogo oferece cotas bibliotecárias de cerca de 200 poetas luso-brasileiros que se encontram disponíveis a qualquer leitor na *Biblioteca Nacional* do Brasil, no Rio de Janeiro. Ao estudante ou pesquisador, basta localizar aqui neste catálogo nomes e títulos de que necessita ou deseja encontrar e a cota correspondente na BN estará indicada ao lado. Antes dos títulos, há um *Estudo introdutório* com breve arrazoado sobre a poesia que enuncia, apresentando os poetas e os pouco conhecidos poemas escritos há pelo menos trezentos anos, suficientes para torná-los poesia de outro tempo.

Catálogos são apenas meio. Dizem que o poeta Calímaco foi bibliotecário; é certo que Francisco Leitão Ferreira elaborou catálogos em Coimbra,... enfim, o objetivo deste livro é ser fonte que conduz aos versos.

ESTUDO RETÓRICO-POÉTICO DAS LETRAS LUSO-BRASILEIRAS NO SÉCULO XVII

O *Catálogo da Poesia Seiscentista da Biblioteca Nacional* constitui-se no elenco dos livros de poesia de autores luso-brasileiros impressos no decorrer do século XVII nela conservados. A especificidade da matéria do catálogo – livros de poesia – já leva o leitor a dar atenção especial a este instrumento. Um catálogo cujo interesse único incide sobre um discurso tão singular quanto a poesia não deixa de intrigar o leitor, quando este o compreende constitutivo do monumental acervo de impressos que a Biblioteca Nacional do Brasil guarda. A singularidade do discurso poético realça quando esse leitor é remetido a uma produção escrita há cerca de quatrocentos anos. De certo, conhecer um instrumento de pesquisa de textos escritos em tempos assim remotos de nossa contemporaneidade não é crônica cotidiana entre o público que lê poemas, quanto mais de um século cujas letras são pouco compreendidas pelos sistemas literários da língua portuguesa.

Com efeito, como é a poesia do século XVII? Definitivamente diversa da poesia de hoje, há sobre ela algumas certezas e outras tantas indefinições. Pode-se afirmar de certo que há várias temporalidades que, internalizadas, constituem o discurso poético nos anos 1600, seja ele escrito nas metrópoles imperiais da Europa, seja escrito em suas possessões ultramarinas, como a Bahia, o Recife, os Estados do Brasil e do Grão-Pará. As temporalidades diferem quando pensamos que esses poetas eram leitores de convenções poéticas diversas, leitores da poesia latina de Horácio, Plauto ou Juvenal; da poesia grega, da movente tragédia e da elevada épica antigas. Eram leitores também de textos de tempos mais recentes ao século XVII, como as narrativas cavaleirescas e as cantigas provençais; de tempos mais breves das redondilhas peninsulares; de tempos mais longos do hendecassílabo, verso herdeiro da excelência elocutiva de versos hexâmetros de outros tempos. Enfim, de posse de dilatado patrimônio letrado ocidental, esses poetas assimilaram vastas convenções de poesia que correram no fio dos tempos da história, imitando da melhor maneira os melhores poemas elaborados pelos melhores autores de todos os tempos.

Se há tempos, há igualmente distâncias, como entre a poesia italiana moderna, tão próxima na Europa, a vizinha poesia espanhola, o remoto Novo Mundo e a poesia portuguesa seiscentista, escrita nesta língua ainda tão afetivamente jovem, mas vigorosa. As distâncias unem semelhantemente, como as que aproximam o poeta luso ao "brasileiro", formados ambos na educação escolar das letras, ideias e disciplinas europeias, as quais eram igualmente assimiladas pelos autores que, nascidos embora no território que veio a constituir o princípio de nacionalidade do Brasil, produziam o discurso poético de pensamento europeu. Com isso fica claro que conhecer o elenco dos poetas desse *Catálogo* é também conhecer uma parte pouco distinguida de nossas letras "nacionais". Assim, embora as edições aqui coletadas tenham sido feitas na sua maior parte em Lisboa ou Coimbra, aparecem muitos livros editados em outras cidades europeias, pois o que interessa é representar ao pesquisador que utilizará esse *Catálogo da Poesia Seiscentista* o conjunto disponível das obras que o sistema de produção, circulação e recepção dos poemas impressos fez operar nesse circuito das letras luso-brasileiras.

Mas, afinal, como é essa poesia do século XVII? De modo geral, podemos entender o conceito de poesia que circulava no

Seiscentos percebendo que os poemas apresentam sempre as finalidades de deleitar o leitor, em primeiro plano e, secundariamente, de lhe dar proveito pela movência dos seus afetos. Isso quer dizer que à poesia encontrava-se vinculado um sentido educativo cuja articulação a retórica ensinava o poeta a produzir dualmente no particular de cada poema, que deveria dar gosto de ser ouvido ou lido, e deveria ao mesmo tempo ensinar-lhe algo. Então, todos os conhecidos elementos com os quais identificamos a poesia: musicalidade amena, alinhavo entre sons e sentidos das palavras, figuração com imagens que se formam na mente do leitor, construção de um sentido ao final da leitura, estilo diverso da prosa e mais, tudo isso vem em primeiro lugar e constitui seu deleite. Mas, em segundo lugar, há igualmente, destinado ao mesmo leitor, o tirar-se certo proveito do sentido do poema, certo aproveitamento que acresce algum tipo de conhecimento, seja doutrinário, moral, empírico, científico, enfim, algum "ensinamento" o leitor deveria obter, algum "saber" ele adquiriria. Pelo menos, esse é o preceito; e dessa maneira a poesia é ensinada nos livros sobre como fazer poesia, as artes poéticas. O exemplo mais notório talvez se encontre na poesia religiosa, chamada *a lo divino*, intensamente publicada, que produzia de fato obras de vulgarização das escrituras sagradas, perfazendo aquele processo que os historiadores denominam de internalização da doutrina. Nota-se com evidência que essa noção encontra-se muito distanciada de nossa concepção hodierna de poesia, autônoma em relação à moral, à pragmática, à doutrina, a tudo.

Fica claro ainda que os efe,itos de deleite e proveito exigem na feitura do poema o sentido de conveniência com o gênero em que ele é escrito, tendo por recurso principal de ornato a metáfora. Gênero e metáfora são os conceitos centrais dessa poesia. Gênero pode ser entendido sinteticamente como uma estrutura discursiva que codifica modelos de garantida representatividade discursiva e simbólica. Há poemas que servem de modelo para serem imitados por outros poetas nas várias temporalidades em que determinada convenção é praticada, reescrita, reapropriada. Deve-se entender que a normatividade retórica nunca foi tomada como imposição, trata-se de formação escolar, letrada, que pressupõe esse substrato de conhecimento da linguagem veiculado pela arte retórica.

Tome-se como exemplo um artifício simples da convenção poética: o primeiro verso do poema. O gênero épico possui intrincada normatização, todos sabem. Um dos seus itens próprios encontra-se na proposição do discurso, a qual deve vir logo no início do poema, por via de regra. Em língua portuguesa, é prática de imitação da obra de Vírgílio trazer o verbo *cantar* como a ação verbal proposta ao leitor, conforme o verso famoso que abre a *Eneida*: *Armas canto, e o varão que, lá de Tróia*:

Arma uirumque cano, Troiae qui primus ab oris

emulado desde o primeiro verso de *Os Lusíadas*:

As armas e os varões assinalados (...) cantando espalharei por toda parte

e extensivamente imitado por muitos poetas no século XVII, seja na poesia heroica, seja mesmo na convenção da lírica. Vejamos alguns poemas seiscentistas, presentes nesse *Catálogo*, a partir de seu *incipit* virgiliano:

Canto as Armas da Torre sublimada,

nos *Virginidos ov vida da Virgem Senhora Nossa. Poema heroico...*, de 1667, do poeta Manuel Mendes de Barbuda Vasconcellos;

La libertad de nuestra Hespaña canto,

no poema *Hespaña libertada*, de 1618, de Bernarda Ferreira Lacerda, e depois, na segunda parte, publicada em 1673:

Canto la lusitana fortaleza;

na canção *Applavsos lvsitanos da victoria de Montes Claros que tiueram os Portuguezes contra os Castelhanos em 17 de Iunho de 1665*, do frei Leonardo de São José:

Canto o feliz sucesso, & a gloria canto;

ou, mais próximo, na *Prosopopeia* do nosso poeta Bento Teixeira:

Cantem poetas o poder romano.

Enfim, esse recurso de imitação é uma amostra de como o conceito de modelo perpassa a normatização destinada a instruir quem procura escrever dentro das convenções que todo gênero do discurso traz. Este *Catálogo* mostra isso. Tal normatividade é consolidada a partir da *autoridade dos autores*, sem pleonasmo. Repare-se que a palavra *autor* está contida na palavra *autoridade*. Os poemas são modelares porque neles seus autores já encontraram a perfeição (retórica) nos gêneros em que foram escritos[1]. Resta ao novo poema alcançar nova perfeição, reiterando a convenção. Repetição é devoção na poesia.

Ora há decorrências dos mecanismos poético-retóricos na compreensão desse fazer com palavras. Modelos são ferramenta na formação de cânones poéticos, entendidos estes como seleção valorizante que se impõe com força simbólica à herança letrada. E catálogos tocam diretamente nessa questão delicada do cânone. Antonio Barbosa Bacelar é um dos poetas mais canônicos da língua portuguesa do século XVII. Não obstante não ter publicado nenhum livro de poesia enquanto viveu, o que constitui uma constante quanto à lírica nesse ambiente sócio-cultural, é considerado um dos homens mais cultos da época e dos mais

1 Em que pese a relatividade histórica dos modelos, ou seja, a validade dos modelos está sempre condicionada à sua prática e reflexão nas letras, seja transparecendo nos poemas, seja figurando em normas ou nos preceitos das artes retóricas e poéticas, – mas este é outro aspecto da questão.

eminentes versejadores da língua. Seus poemas são modelos autorizados no Seiscentos, embora poucos impressos seus tenham restado nas bibliotecas. Afora algumas insuficientes impressões, ficaram de Bacelar bastantes poemas manuscritos, mas avulsos, sujeitos às intempéries que degradam a materialidade das obras, e ficaram os poemas publicados em obras de outrem, geralmente em obras coletivas.

Por esse lado material entende-se um grau da dificuldade de inserção que envolve a poesia do século XVII no campo dos estudos literários. No entanto, o condicionamento histórico que define a falta de edições individuais da obra de Barbosa Bacelar, como de numerosos outros autores, não espelha com nenhuma fidelidade a conformação e a prática da noção de gênero nesse campo letrado. A poesia desse poeta é modelo de perfeição no soneto e na canção, gêneros por ele intensamente escritos. Aos acervos, no geral, restaram apenas vestígios em papel desta volumosa produção poética em que a excelência nos gêneros é praticada por autoridades cujas obras tornam-se modelares. Uma porque a manuscritura garantia ampla publicidade dos textos, em muitos casos garantia a publicação suficiente e (mesmo) a desejada para a consolidação do processo de produção e recepção das obras. Portanto, o fato de não terem restado muitos versos impressos de Antonio Barbosa Bacelar não descredencia sua autoridade na cena letrada, nem deslustra sua agudeza poética.

Outra razão reside em que, talvez mais relevante que o suporte material livresco, seja o lugar simbólico que a poesia lírica ocupa entre os gêneros inscritos no Parnaso da língua portuguesa. Preterida em relação à poesia de matéria religiosa ou moralizante, ao poema heroico, à épica, a lírica – ou precisamente a unidade que damos hoje aos gêneros líricos ali escritos – protagonizava uma excelência do gênero poético, em parte devido à relevância que os gêneros líricos herdavam de diversas convenções poéticas chanceladas nas antiguidades, daí não causarem admiração as várias traduções ou cópias de obras de Ovídio, Virgílio, Marcial e outros poetas latinos em meio aos papéis dos nomes elencados na BN. O entendimento da obliteração das letras seiscentistas na historiografia literária da língua portuguesa, portanto, apenas secundariamente explica-se pela história da cultura letrada dessa língua ou pela história editorial do livro. Nome dentro do nome, o autor compunha-se como autoridade pela excelência de suas peças líricas, inclusive. Vê-se assim de que maneira o *Catálogo da Poesia Seiscentista da Biblioteca Nacional* pode atuar como instrumento para a exposição pública de toda uma produção pouco visível, ainda que preservada.

No caso de Antonio Barbosa Bacelar, não obstante, a BN guarda-lhe prosa rara. Há um relato da vitória da guerra contra Castela, acompanhada de um mapa em dobradura da cidade de Elvas, cuja licença de impressão foi dada pelo *Frater* Bartholomeu Ferreira, o mesmo que assinara o beneplácito de impressão de *Os Lusíadas*, como se lembra. Do mesmo relato *Helvia obsidione liberata...*, longa prosa em latim, tem-se uma versão em português: *Relaçam da vitoria qve alcançaram as armas* (...) *qve tinham sitiado a praça d'Eluas...*; além de outro relato historiográfico, desta feita sobre a disputa pelas terras do Nordeste do Brasil, a *Relaçam diaria do sitio, e tomada da forte praça do Recife, recuperação das Capitanias de Itamaracá, Paraiba, Rio Grande, Ciará, ilha Fernão de Noronha* (...), que Diogo B. Machado dispôs num opúsculo cuja folha de rosto estampa: "*Noticias dos cercos heroicamente sustentados pelos portuguezes nas quatro partes do mundo*". Da poesia, a BN guarda-lhe poucos, mas valiosos versos: uma conhecida *Oitava de Luis de Camoens*, algumas endechas e variados sonetos que aparecem avulsos em coletâneas poéticas típicas do século XVII.

Caso semelhante, acrescido de ornatos oriundos da devoção, ocorre com Antonio da Fonseca Soares. Como se sabe, este poeta debruçou-se à vida espiritual, tendo professado no interior da célebre Capela dos Ossos, apensa à Igreja de São Francisco, na cidade de Évora, Portugal, capela cujas paredes revestidas completamente por ossos humanos repetem, numa prosopopeia famígera, "*Nós ossos que aqui estamos pelos vossos esperamos.*" Ao professar, o religioso adquiriu novo nome – o de Antonio das Chagas – praxe nos ofícios da Igreja. Os numerosos poemas elaborados na vida secular foram desde então afastados da circulação institucional da praça pública, academias, casas editoriais e, com isso, também dos arquivos e livrarias. Aparecem assim seus poemas encomiásticos, gênero de muito larga fortuna no século XVII, e numerosos textos piedosos, razão pela qual na BN o leitor encontra-lhe copiosa prosa. Da mesma maneira que Bacelar, Fonseca Soares não publicou poesia em vida, nem mesmo poesia religiosa, que se saiba. Seu caso é mais molesto: nunca recebeu, até hoje, edição criteriosa de sua obra poética. Portanto, é riqueza valiosa os versos desse famoso poeta seiscentista encontrados na BN.

Em versos de autoria de Antonio das Chagas temos o *Panegyrico... ao senhor dom Antonio Luiz de Menezes, conde de Catanhede... em applausos da gloriosa victoria das linhas de Elvas*, publicado numa obra coletiva em 1659 em Lisboa. Trata-se de um lindo poema em estilo gongórico, cujo *incipit*: *Se, invicto Conde, a musa, a voz, o acento* já indicia a convenção da poesia encomiástica, que eleva a memória dos feitos heroicos. A última das 49 estrofes em oitavas rimas propõe:

Que onde o mayor dizer o aplauso mingoa / O silencio he discurso, o pasmo he lingoa,

numa síntese formidável da ação que a poesia exerce quando diz o encômio, quando faz o elogio da virtude heroica. Nesse pequeno dístico aparece uma agudeza de proporção em que o silêncio está para o discurso assim como o pasmo está para a língua. Ora apenas por esse pequeno retalho final de poema, vê-se logo que a musa atende seu pedido: o análogo virtuoso do heroísmo do conde é somente o que destrói o *silêncio* da ignorância e do terror, qual seja, a linguagem da poesia, chamada no dístico de *língua*, de *discurso*, tendo tudo sido porém aniquilado pelo valor heroico, agente verdadeiro do *mayor dizer*. Mas, afinal, quem diz mais? Esse poema, entre caros outros, encontra-se nos folhetos de Diogo B. Machado, no volume por ele denominado de *Elogios oratórios, e poéticos dos duques, marquezas, e condes de Portugal...* Impresso está igualmente no tomo IV da *Fênix renascida,*[2] a consagrada coletânea em 5 volumes, que livrou do esquecimento parte representativa da poesia escrita no século XVII, editada já no século XVIII por Matias Pereira da Silva e disponível na BN. De Antonio das Chagas encontra-se também conservado um poema épico com 62 estrofes em oitava rima, de 1658, intitulado *Mouram restaurado*, cujo argumento convencionalmente bélico é a guerra entre castelhanos e portugueses. Um segundo poema elogioso concretiza a participação dele noutra edição coletiva, de 1661, o *Panegirico a Andre de Alboqverqve Ribafria Alcaide mor de Sintra, mestre de campo general da provincia do Alentejo. Com os elogios*

---

2 *A Fenis Renascida ou obras poeticas dos melhores engenhos portuguezes: dedicadas ao Excelentissimo Senhor D. Francisco de Portugal, Marquez de Valença, Conde de Vimioso, etc.* / publica-o Mathias Pereyra da Sylva.- Lisboa Occidental: na Officina de Antonio Pedrozo Galrão, 1716-1728, 5 Tomos. Neste *Catálogo da Poesia Seiscentista da Biblioteca Nacional*, foi incluído um apêndice com as cotas encontradas de poetas que, embora tenham publicado poemas na *Fênix Renascida*, seus títulos individuais são datados do século XVIII, e por isso ficaram de fora do índice geral.

qve a sva morte se fizeram. Nele o poeta escreve um soneto que traz a seguinte didascália:

Em louvor do esclarecido HEROE ANDRE DE ALBUQUERQUE que morreu rompendo as linhas no sitio que castelã pos a Elvas. [Segue-se o]
SONETO:
Com cem clarins a fama não diria
Se era mais neste HEROE, que o mundo amava,
A fortuna que o braço acreditava
Se o valor, que os aplausos excedia;
Pella palma hum, & outro contendia
E tantos triumphos cada qual lhe dava,
Que ella o valor duvida escuzava,
E ele a fortuna ociosa lhe fazia.
Mas julgando o valor pequena gloria
Postrar a Hespanha, & nam vencer a sorte,
De quem cioso a morte nam repugna
Mostrou dando em sua morte hua victoria
Nam que triumphava do valor a morte,
Mas que o valor triumphava da fortuna.

Novamente o argumento do discurso é erguido sobre uma proporção, desta vez, porém, em forma de silogismo em quiasmo, ou seja, na forma de um raciocínio dedutivo em que a *fortuna* e o *valor* do elogiado disputam o galardão da *fama* conquistada pelo herói de guerra. As duas virtudes se cruzam na emulação mas, catolicamente, a *fortuna* é preterida, posto ser ideia facultada tão somente pelas vicissitudes da vida, quando muito pela força do *braço* do guerreiro ou pelo destempero aleatório da *sorte*, o que é sempre menor que a virtude do *valor*, aquele que não sente repugnância sequer pela *morte*, valor que aparece providencialmente triunfante no último verso.

O que mais encontramos da autoria de Antonio da Fonseca Soares ou Antonio das Chagas é suposto que apareça num livro de outro poeta, Luís de Siqueira Gama, que vivera várias décadas após Fonseca. Essa prática de publicar poemas avulsos em livros contemporâneos de outros poetas interessa destacar. Trata-se nesse caso do livro *Eclipse da fermosura*, publicado bem no final do século XVII, em 1699, no qual aparece glosado por Gama um soneto atribuído ao nosso poeta de dois nomes. Tanto pelo ato, quanto pela data de publicação do exercício da emulação, posto que se trata de uma glosa, fica patente a ação de modelo que seus poemas exerceram sobre gerações ulteriores de poetas, nisso semelhantemente a Barbosa Bacelar. É neste sentido que as temporalidades do processo de imitação dizem respeito à consecução do discurso: há a época de produção e recepção do poema, como todo produto de poesia (*poiema*). Entretanto há, ecoando nele, tempos em que o poema se projeta, ou seja, os tempos em que se deram os efeitos formativos dos modelos desse mesmo poema.

Falávamos antes sobre o cerne desta poesia... Quanto à metáfora, trata-se de uma figura especial. Neste universo de linguagem de substrato retórico, ela é entendida de modo muito amplo: metáfora é toda figuração de linguagem que tem por base uma analogia entre dois conceitos. Assim, por exemplo, dizer que "os cabelos da dama são ouro" é levar a efeito o artifício metafórico. De uma analogia de base, todavia, muitas outras metáforas vão se formar no decurso do poema e o que era "apenas uma figura" vai se constituir no próprio e primordial modo de compor o discurso poético, pois a coexistência de análogos nos planos próprio e figurado funcionam retoricamente como provas verossímeis na argumentação da poesia. Às vezes, o encadeamento de metáforas de um mesmo campo semântico compõe uma alegoria, o que também é comum, mormente na poesia que trata da matéria dos afetos humanos, como o amor, para ficar na paixão mais expressiva do discurso da poesia do mundo não mais antigo. Na península Ibérica, a publicação definitiva do tratado *Agudeza y Arte de Ingenio* do jesuíta aragonês Baltasar Gracián, em 1648, rearticula no universo da poesia de agudeza – denominação que tem sido dada à poética do Seiscentos – o conceito de analogia previsto nas artes *Poética* e *Retórica* de Aristóteles, o que favorece a aproximação entre duas temporalidades: os Antigos e os Modernos, pois é premente que esses autores do século XVII se reapropriavam de conceitos e técnicas contidas nas artes, filosofias e demais saberes de pensadores antigos, reciclando esses saberes na prática e no pensamento sobre o que queria dizer poesia naquele seu tempo. Com efeito, a definição de um lugar específico para a poesia como atividade elevada da linguagem esteve na base das "representações com palavras imitativas", o que acompanhou, em paralelo, a importância da poética como arte do fazer no domínio da palavra, e como disciplina acadêmica, cingida de prestígio social. Nas letras cultas da Europa, os autores eram formados e informados por artes retóricas e artes poéticas, pela gramática, política, filosofia, moral e teologia, e por outros saberes, alguns dos quais nem nos interessam mais hodiernamente. Desse modo, a compreensão do que fosse um poema perfeito dependia de o leitor avaliar se o poeta sabia combinar discursivamente certa matéria poética, dada pelas convenções letradas, em um texto com novidade e decoro. Daí fica bastante visível que ao leitor era dada equivalente prerrogativa de conhecimento dos mesmos códigos retóricos que a poesia solicitava para sua boa fruição. Ou seja, o funcionamento deste sistema de letras cultivadas exigia que o leitor fosse um agente *discreto*, entendendo-se este termo cronicamente como aquele leitor que possui as ferramentas conceituais e as informações suficientes para fazer leituras completas e habilitadas de poemas os mais figurados possíveis.

Acervos ricos, como o da poesia seiscentista depositado na Biblioteca Nacional do Brasil, necessitam ser conhecidos para serem preservados e fruídos pelos leitores. A maior parte das obras dos autores luso-brasileiros identificadas são todavia de rara incursão nos currículos escolares nacionais, por razões várias, de ordem historiográfica e de política cultural e, em decorrência, permanecem quase obscuras ao leitor da poesia em língua portuguesa. Com efeito, há problemas historiográficos que atingem o estudo das letras produzidas entre os séculos XVI até meados do XVIII na Europa como um todo. Mas, de todo modo, as especificidades do lugar que os livros de poesia, os chamados "livros de fantasia", ocupam nos sistemas literários de Portugal e do Brasil afetam definitivamente seu pouco conhecimento no nosso país. Um catálogo é efetivamente recurso de divulgação junto à comunidade leitora de pesquisadores, professores e leitores, com ele pretende-se diminuir a opacidade geralmente alegada pela crítica literária, que secundariza o estudo sistemático dessa poesia por não considerar o funcionamento da norma do fazer poético a partir das formas impessoais da história da poesia, antes aplicando à sua leitura instrumental conceitual anacrônico, que não se coaduna com as temporalidades do patrimônio letrado que compõem tal produção, nem com a centralidade do procedimento de imitação que lhe dá sustentação e o move. Esse é o objetivo primordial desta lista de poetas: catalogar as obras impressas de poesia luso-brasileira do século XVII identificadas no acervo da BN. A instrução retórica que se encontra na base dessa produção poética revela-se em vários planos desses discursos, mas talvez de maneira a mais transparente na variedade dos gêneros poéticos praticados pelos autores do *Catálogo*. É tal riqueza que tencionamos mostrar.

Marca pois essa poesia a variedade das formas poéticas, como também o decoro dividido entre o juízo e o engenho das imitações e suas contrafações. Ou seja, os poemas escritos nas vertentes graves, moralizantes ou cômicas são imitações bem sucedidas e adequadas de outros poemas, considerados excelentes, escritos por poetas modelares. Imitar é, diferentemente de nosso tempo, o procedimento de busca e alcance de novas perfeições no fazer poético, pois nunca se trata de imitações servis ou, como diríamos hoje em dia, plagiárias. Em cada nova imitação, em cada novo poema exige-se engenho do poeta na composição dos afetos e juízo na obtenção dos efeitos, efeitos textuais que são retóricos e poéticos, como imagens visuais ou sonoras, rimas atraentes, sentenças elevadas, risos ou lágrimas, adesão ou repulsa a ideias propostas, simpatia ou indignação etc. Quanto à variedade dos poemas, de fato, a consulta às muito numerosas obras aqui elencados revela a existência de variados gêneros. O soneto e a canção são os mais praticados, seguidos de perto pelos tercetos e estrofes em oitava rima, décimas, romances, éclogas, e toda sorte de poesia, algumas formas que nem mais despertam leitores nos dias atuais. Petrarca é decerto a autoridade mais anterior quanto ao soneto, à canção e ao madrigal, mas todos os gêneros elencados chegaram à prática letrada após a incursão que a obra de Luís de Camões e de poetas importantes do século XVI elaboraram quer da poesia petrarquista, quer de outras convenções poéticas, como aquelas compostas com o verso curto. Não há dúvidas de que os poetas arrolados no *Catálogo* são imitadores da obra de Camões, muito embora não apenas dela. Os epigramas são imitados dos latinos, os lugares mais comuns vêm da poesia de Luís de Gôngora ou dos autores italianos, as facécias podem vir de Marcial ou Juvenal, a solenidade é emulação das épicas, os argumentos vêm de toda parte. Todas as temporalidades a que as convenções poéticas resistiram aportam na feitura dessa produção de poesia. Dentre muitos, chama atenção a robustez do gênero poema heroico, quase sempre longo, contendo dezenas de estrofes ou, quando menos, aportando um texto extenso, escrito no sentido encomiástico, elogioso, lírico e mesmo burlesco, no que se observa sem dificuldade a marca da poesia épica camoniana alastrando-se século XVII adentro.

Malaca conquistada, Chauleidos, Viriato trágico, Afonso africano, O condestable de Portugal, Os novíssimos do homem, Ulissea ou Lisboa edificada, Ulissipo, A destruição de Espanha, Templo da memória, Fênix da Lusitânia, Insulana: é tão variada a produção de poemas épicos no Seiscentos, que só essa vertente tornaria preciosa a matéria coletada neste *Catálogo*. Todos ignorados pelos estudos literários, esses épicos contribuíram para o processo de amadurecimento das letras da língua portuguesa, tão necessário à autonomia em relação ao latim, disputa que envolveu intensamente as neolatinas línguas no quadro da cultura cultivada da Europa. Há além desses, ainda que não figurem uma narrativa épica em todos os seus preceitos, os poemas longos, que mantêm, dos modelos de onde vêm, os elementos épicos mais representativos que atualizam, como a narratividade das ações heroicas, ou os aproveitam no domínio dos gêneros líricos, para onde vão, com o que pululam poemas mistos, pois elevados no estilo épico e afetivos na matéria lírica. Panegíricos, relações e triunfos e mais uma sucessão de longos poemas emergem desse fazer poético, neles despontam autores aqui elencados, alguns dos quais nunca lidos para além de sua contemporaneidade.

Tudo isso concerne também ao decoro, necessidade irredutível dessas letras atreladas à moral, à política, à teologia, à pragmática das ações sociais. A faculdade do engenho é entendida como uma potência intelectiva, mas ela se torna visível na ação verbal que constrói a peça poética, na palavra poética. Figurada pela alegoria de um jovem de peito nu e olhar desafiador, o engenho é faculdade humana que constrói os edifícios das palavras alicerçadas nos versos. Enquanto força, todavia, necessita ser guiada pela ação moderadora do juízo, faculdade da prudência humana. Engenho e juízo são pois dois conceitos operadores das agudezas do século XVII. Imitação é o conceito mais abrangente e central nestas letras. Tradução e compreensão da *mímesis* grega, imitação diz o próprio fazer poético, bem como seu funcionamento. Por ela os poetas intentam fazer parte de convenções e costumes e emulam os autores cujas obras são excelência no gênero escolhido. Isso aparece evidente, por exemplo, na concorrência pela melhor realização de um poema nos *certames*, situação em que é dada uma matéria ou um lugar-comum e os poetas empreendem desempenhar a obra a mais bem realizada possível, imitando outros poetas que, tendo-a já escrito, obtiveram resultado considerado perfeito pelos leitores, tudo em acordo com o decoro das partes envolvidas, como num concurso. Há numerosos certames de poetas luso-brasileiros guardados na BN. Há tanto o que dizer sobre essa poesia!...

Para ter-se mais uma ideia, temos que, em 1615, logo no início do século, surge em Lisboa o pequeno tratado *Arte Poetica, e da Pintura, y Simmetrya, com principios da perspectiva*, escrito por Philippe Nunes. Nele aparece uma apropriação do pensamento platônico quanto ao conceito: "Platão diz que a Poesia é o hábito do entendimento que rege ao Poeta, e lhe dá regras para compor versos com facilidade. Ou arte que ensina a falar com limitação, ordem e ornato. Em três partes se divide. Em invenção, disposição e elocução. Com a invenção, buscamos a matéria, a qual poderá ser verdadeira ou aparente, e que não contradiga ao entendimento, ainda que seja fingida. Com a disposição se ordena a forma, consertando e dispondo o estilo e a matéria que se tiver já buscada, no verso que melhor parecer e for mais conveniente. Com a elocução se alcança o fim de que forçadamente há de constar qualquer composto. [...]"[3] Repare-se nesta definição coetânea de poesia, nem um pouco rara, de base entroncada no pensamento helênico antigo, a demanda pela composição intrinsecamente retórica do texto poético, a instrução da arte poética que treina o autor para a busca de finalidades discursivas do poema, o caráter racionável da escrita, a condição da adequação em todos os domínios no uso da linguagem e a presença do ornato como condição da linguagem poética. A base filosófica dos pressupostos deriva da apropriação que esses autores elaboraram dos sistemas de pensamento de autores antigos como Aristóteles, Sêneca, Platão, Cícero, Luciano, Hermógenes, entre outros pensadores efetivamente relevantes, bem como de autores modernos como Luís de Camões, Luís de Gôngora, Torquato Tasso, a escola petrarquista, para citar somente alguns poucos nomes definidores. O pequeno tratado de Philippe Nunes encontra-se disponível na BN!

Em larga escala, a poesia seiscentista nela depositada deriva do acervo da *Real Bibliotheca*, que acompanhou a família real portuguesa quando esta veio para o Brasil em 1808. Assim, é tendo sido propriedade de variados homens da corte ou da fidalguia portuguesa que lemos livros de poesia laudatória, moralizante, devocional, política, satírica, lírica, amorosa, heroica e, sobretudo, encomiástica. Ao núcleo inicial do acervo todavia se foram acumulando alguns vários espólios no decorrer dos tempos - tempos logo depois republicanos - quando surge nossa Biblioteca Nacional assim entendida e nomeada. Com isso a riqueza material e o valor simbólico consolidados pela existência desse vasto acervo de poemas devem ser objeto de exposição aos olhos de quem a quer conhecer. É o caso singularíssimo dos "opúsculos" colecionados

---

3 Philippe Nunes. *Arte Poetica,e da Pintura, y Simmetrya*, com principios da perspectiva. Lisboa, por Pedro Crasbeeck, 1615.

pelo bibliófilo Diogo Barbosa Machado (1682-1772), o conjunto de espessas brochuras que reúnem dezenas de pequenos livros de poesia, organizados numa disposição que nada tem de aleatória, mas que segue o princípio de recolha a partir do gênero retórico-poético em que o texto foi escrito, o qual aparece sintetizado numa folha de rosto aposta às espécies antes distribuídas em sua variedade autoral, atendendo a um acordo decoroso com o caráter apresentado pelo conjunto dos textos. Tais brochuras, que somam mais de uma centena, multiplicam em dezenas os autores portugueses circulantes no Seiscentos europeu, computados no acervo de *Obras Raras* da nossa biblioteca nacional. Bastaria a riqueza desses impressos, alguns dos quais totalmente ausentes dos acervos de livros individuais e recolhidos pela diligência preciosa de um homem de letras, para constituir a legitimidade de uma especial atenção a ser dada a essa produção letrada. Mas há muito mais! Aos exemplares da *Real Bibliotheca*, aos opúsculos escolhidos de Diogo Machado, somam-se numerosos acérvulos paulatinamente incorporados, como as valorosas edições *princeps*, que fazem a boa fortuna de qualquer arquivo.

Passemos à compreensão do *Catálogo*. Com levantamento inicial de cinquenta autores, os organizadores viram triplicar o número de poetas luso-brasileiros encontrados nas bases virtuais disponíveis, que somaram ao final o elenco de 134 poetas, de modo que foi necessário definir-se com toda a precisão os critérios de inclusão e exclusão das obras encontradas. Essa ação gerou porém uma dificuldade no campo metodológico, devido à necessidade de o pesquisador da matéria seiscentista historicizar seu objeto de estudo, sob pena de interpretá-lo a partir de instrumental conceitual inadequado, o que danificaria o resultado definitivamente. A solução encontrada foi, seguindo os estudos do professor João Adolfo Hansen, procurar verossímeis da poesia nos resquícios literais possíveis[4] do que ficou escrito nos livros, cartas, opúsculos ou folhetos avulsos do acervo da BN, sem qualquer pretensão de espelhar toda a poesia escrita, falada e ouvida do período. À própria definição do que seja o "período" encontra-se anelada toda a problemática metodológica, pois o *Catálogo* incide sobre a produção de poemas compostos durante o intervalo dos anos 1600, mas obviamente a datação é apenas aproximativa, e simbólica, posto que, todos sabemos, no plano simbólico não há qualquer possibilidade de delimitação de início e fim das representações. No caso da palavra poética, as continuidades e descontinuidades inerentes ao processo de imitação que pressupunha aquela prática letrada e a incorporação de diversas temporalidades em sua composição tornam radicalmente porosa toda tentativa ulterior de totalização de qualquer arrolamento de autores ou obras. Com isso diz-se que a baliza temporal de cem anos é apenas um ancoradouro eficaz contra a fugacidade das diversas temporalidades que compõem o que condensamos na expressão "poesia luso-brasileira do século XVII". É já conhecida a percepção de que o chamado "século XVII" possui figurativamente "cerca de duzentos anos", se considerarmos a emersão formadora da poesia de Luís de Camões como padrão estabelecido do fazer poético em língua portuguesa desde fins do século XVI para seu início, e daí ao afloramento das agudezas poéticas por todo o decorrer do Seiscentos, que se estende indelével até meados do século XVIII, quando efetivamente ocorreu a revolucionária fratura com a instauração da modernidade no pensamento, na história e nas artes, a partir de então "modernas".

4 HANSEN, João Adolfo. *A sátira e o engenho: Gregório de Matos e a Bahia do século XVII*. 2ª ed. rev. São Paulo: Ateliê Editorial; Campinas: Editora da Unicamp, 2004, *passim*.

Portanto esse *Catálogo* reúne a poesia que alguns preceptistas coetâneos a ela, como o citado Baltasar Gracián ou o turinense Emanuele Tesauro, denominaram de "agudeza", para consolidar, num conceito, a compreensão desse fazer poético, então intensamente praticado. Segundo esses autores, agudeza é uma faculdade do pensamento que prevê relações inesperadas e artificiosas entre conceitos distantes ou, de outro modo dito, determinada capacidade intelectual de formular analogias entre "coisas" distantes entre si no sentido próprio. Interpretada em função de outras relações que cria com noções retóricas como engenho, conceito e arte, e com categorias intelectivas como entendimento e proporção, a agudeza constitui as variadas formas de realização de analogias por semelhança, dessemelhança e contrários, analogias que constituem a base dos argumentos e das figuras dos poemas por isso mesmo chamados *agudos*.

O desenvolvimento metodológico da composição do *Catálogo* ensejou o estabelecimento de critérios para a seleção das obras. Além disso, houve igualmente a necessidade de definição das fontes dos autores, ou seja, de listas fidedignas de autores luso-brasileiros que, atendendo a todos os critérios de inclusão, deveriam ser pesquisados nos acervos da BN. A solução encontrada foi elencar uma pequena série de fontes nominais de poetas. A ingente coleção *Bibliotheca Lusitana, histórica, critica e cronologica. Na qual se comprehende a noticia dos authores portuguezes e das obras, que compuserão desde o tempo da promulgação da ley da graça até o tempo prezente*, publicada entre os anos de 1741-1759 em Lisboa por Diogo Barbosa Machado, e os *Anais da Biblioteca Nacional*, trabalho de valor inestimável elaborado pelos bibliotecários da Casa, tomaram o lugar de *fonte primária* pela abrangência, legitimidade e acuidade das edições. Os cerca de 150 opúsculos organizados por Diogo Machado no século XVIII, já referidos, foram tomados como *fonte secundária* por incidirem sobre obras de autores que, de modo geral, nunca publicaram seus livros individualmente e que estariam provavelmente excluídos dos registros de arquivos e bibliotecas se não fosse por tal compilação extraordinária, pois o baixo número de títulos individuais de poesia publicados no século XVII constituiu-se sempre um argumento para o desconhecimento e decorrente desprestígio historiográfico dessas letras. Outros catálogos bibliotecários somaram-se como *fonte terciária*, nomeadamente os seguintes títulos: *Bibliografia das obras impressas em Portugal no século XVII*, da Biblioteca Nacional de Portugal; *Dicionário cronológico de autores portugueses*, do Instituto português do livro; *Catálogo das obras impressas no século XVII do Arquivo da Santa Casa de Misericórdia de Lisboa*, entre outros. Foi feito o cotejo dos dados sobre livros e autores a partir de todas essas fontes. Registre-se entretanto que, anterior ao recurso do cotejo de catálogos bibliográficos já elaborados, há uma fonte que é dada pelo conhecimento de nomes de visibilidade rarefeita, disseminados em antologias poéticas ou textos de natureza variada, em larga escala disponibilizados pelos estudos literários ou historiográficos.

Dados os nomes, o critério primário de pesquisa das obras no acervo global da BN foi notadamente o de gênero: livros de poesia, posto que o objetivo do *Catálogo* é dar visibilidade às "obras poéticas" escritas em versos por autores luso-brasileiros daquele período.[5] Muitos autores têm sua produção dividida entre prosa e poesia, mas é necessário esclarecer que foram computadas aqui tão somente as obras poéticas. Assim como em muitos casos,

5 A BN abriga no acervo do século XVII um conjunto estimável de poesia visual, aqui não incluída, cuja catalogação demandaria outro instrumento.

acontece com a obra de Antonio de Sousa de Macedo, um dos mais importantes do século. Polígrafo de farta incursão no relato historiográfico, no discurso e na prática política, registram-se, na forma da poesia, os versos de *Vlyssippo, poema heroico*, de 14 cantos em oitavas hendecassílabas, livro que recebeu em sua publicação em 1640 discursos elogiosos de importantes poetas e pensadores da primeira metade do século XVII em Lisboa, como de Manuel Pires de Almeida, homem de letras que escreveu textos definitivos em prosa sobre a poesia de agudeza e a interpretação do sistema de pensamento de Aristóteles na poética em língua portuguesa. A BN possui não obstante muitos títulos, com cerca de trinta entradas, da relevante prosa de Macedo e revelaram-se alguns versos de Almeida.

O segundo critério de inclusão, já aludido, é de ter a obra poética sido publicada no século XVII. Nesse contexto, a questão da temporalidade é tão complexa quanto a própria noção de gênero, que sustenta todo o fazer poético seiscentista. Com efeito, nela incide toda a necessidade de compreensão da historicidade para uma leitura proveitosa dessa produção em verso, pois da "delimitação temporal nos anos 1600" deriva a grave lacuna da ausência no *Catálogo* de títulos que, embora embuídos do fazer poético do século XVII, foram publicados apenas na centúria seguinte.[6] Tempo, neste caso, refere a manutenção de pressupostos e a realização de imitação de modelos poéticos praticados no decorrer dos anos 1600. Dos versos escritos pela maior poeta seiscentista em língua portuguesa, a sóror Violante do Céu, religiosa no

6 Por outro lado, embora concentrado em elencar os autores da poesia do século XVII depositado na BN, o *Catálogo da Poesia Seiscentista da Biblioteca Nacional* traz um segundo apêndice, muito breve, de obras poéticas de autores do século XVI.

Convento da Rosa, a BN abriga as *Oitavas a Nossa Senhora da Conceição, em aplauzo da vitoria de Montes Claros em 17 de Junho de 1665*, publicadas neste mesmo ano em Lisboa. Encomiástico, este pequeno poema desperta o leitor para uma obra maior, o *Parnaso lusitano de divinos e humanos versos* que, tendo em vista ter sido publicado em 1733, ficou de fora de nosso *Catálogo*. O estabelecimento do critério de intervalo temporal derivou, como se vê, algumas omissões.

No caso de Violante do Céu, registram-se poemas avulsos, espalhados por obras de outros poetas em discursos preambulares elogiosos de suas edições. Por exemplo, para sagrar o épico de André da Silva Mascarenhas, de 1671, sobre a Restauração política da coroa lusitana, a poeta portuguesa prefacia o épico num poema: *A espanha destruída, & restaurada...* Há também uma décima no livro de Jeronimo Peixoto da Silva, *Lagrimas de Onimo na morte de seu querido Thezar*, 1646; há um soneto no livro *Obelisco fvnebre ao serenissimo infante d. Dvarte no sentimento de sua morte* de Antonio de Miranda Henriques, 1650; há ainda um epitáfio, um soneto e algumas décimas de Violante do Céu publicadas nas conhecidas memórias fúnebres à morte de Maria de Atayde (1650). Parecidos são os casos de outras duas freiras, a poeta Madalena da Glória, (que assinava com o pseudônimo de Leonarda Gil da Gama, mais frequentado). Seu *Reino da Babilonia*, de 1749, encontra-se disponível na BN, embora não esteja listado por nós por essa dita razão temporal. Esse livro traz um discurso de moralização que mescla trechos em prosa e em versos, numa formulação mista sobejamente praticada no Seiscentos. E a poeta Maria do Céu, muito importante nas letras do período, cujos livros emblemáticos *Enganos do bosque, desenganos do rio...*, *Obras várias e admiraveis...* e *Aves illustradas em avisos para as religiosos servirem os officios dos seus Mosteiros* são todos publicados nos anos 1700. De fora também ficou Maria de Lara e

Meneses, com as *Saudades dos serenissimos reys de portugal Dom Pedro I, D. Ignez de Castro*, publicadas em 1762 em Lisboa. Dentre as numerosas mulheres poetas temos elencados no *Catálogo*, para compensar minimamente, o glorioso *Ramalhete de flores - a felicidade deste reyno de Portvgal em sua milagrosa restauração*, poemas da famosa Mariana de Luna e, de Maria de Mesquita Pimentel, seu *Memorial da infancia de Christo e Triumpho do divino amor*. Todos essas autoras e autores compõem suas obras a partir dos preceitos da poética da agudeza, seguem modelos autorizados que são rearticulados pela emulação que efetivamente fazem de grandes obras. Se ficaram ausentes deste *Catálogo*, isso se deu tão somente pela necessidade metodológica de fixação do critério temporal dos anos 1600.

Há outra situação bibliotecária, que é preciso esclarecer, na qual se enquadram alguns títulos apreciáveis: trata-se de livros que, embora tenham sido publicados em primeira edição no século XVII, deles a BN só possui edições tardias, posteriores e, assim, fora do espectro da catalogação. Edições dos séculos XVIII ou XIX, preparadas por bibliófilos no geral, que resgatam do esquecimento autores e algumas singularidades. Ou edições de nosso tempo, preparadas por estudiosos, que repõem em circulação comercial conjuntos de poemas olvidados, com o que prestam serviço inestimavelmente relevante aos estudos literários. Sucede desse modo com Francisco de Vasconcelos Coutinho (1665-1723), autor cuja poesia quase se confunde com a agudeza verbal do Seiscentos. Há poemas dele nos tomos II e III da *Fênix Renascida*, a notável coletânea setecentista das agudezas, há poemas dele em muitos manuscritos da época, igualmente em muitas cópias extemporâneas. É poeta conhecido e apreciado, mormente por compor o caráter ficcional de uma voz poética do desengano, do ser humano que conhece a desilusão e vive a certeza da nulidade, mas seus dois livros – *Feudo do Parnasso, e victima numerosa, que às aras da soberana Magestade do... Rey D. João V* e *Hecatombe metrico: consagrado às aras da cruz sacratissima e à pureza immaculada da sempre Virgem Maria Nossa Senhor* – foram publicados apenas em 1729, por isso não constam em nosso elenco principal, embora figurem no apêndice de poetas da *Fênix Renascida*. No acervo da BN as duas obras encontram-se encadernadas num mesmo volume. O livro é uma raridade, a poesia é incondicional.

Esse catálogo incide tão-somente no acervo de livros impressos da BN, terceiro critério. O que não é nada pouco, pois significa muitas e muitas dezenas de obras! Com os impressos quer-se dar continuidade à sequência da catalogação de livros portugueses, antecedido por outros dois índices: o belíssimo *Catálogo dos Quinhentistas Portugueses da Biblioteca Nacional*, organizado em 2004 pelas professoras Sheila Moura Hue e Ana Virgínia Pinheiro, e o anterior opúsculo que lhe dera origem: *Quinhentistas Portugueses da Biblioteca Nacional* (1989). Um aspecto a levar em conta ainda é que, como a escrita da poesia dava-se com frequência em várias línguas, para além da portuguesa, a nacionalidade linguística não é critério operante no século XVII, pois instruída pelas artes retóricas e poéticas, esses discursos eram sistêmicos em toda a Europa do Antigo Estado, com seus vários idiomas. Assim sendo, temos poemas em português – na maior parte –, castelhano, latim e, em menor escala, italiano e francês.

Muito importante é o critério de inclusão da produção poética da América portuguesa, uma vez que politicamente o Brasil é parte do Estado lusitano no século XVII, compondo com a matriz europeia um todo místico, indissolúvel e completo. No domínio das representações artísticas, tal unidade política é transparente em razão de a linguagem poética ser construída a partir das mesmas matrizes letradas nos dois lados do oceano Atlântico. Quer isso dizer que o registro formal da língua que expressa a poesia de autores metropolitanos como Dom Francisco Manuel de Melo ou Francisco Rodrigues Lobo é o mesmo dos autores brasileiros, melhor: luso-brasileiros, que estudavam na Corte europeia ou nos colégios jesuítas espalhados pelo Brasil, como Gregório de Matos e Manuel Botelho de Oliveira. Isso porque, na condição de estudantes ou leitores, recebiam a mesma instrução retórica, liam os mesmos autores gregos e latinos, tinham por base saberes dos mesmos doutores de teologia e de filosofia. Precisamente como poetas, emulavam as mesmas autoridades poéticas e faziam a poesia conforme o mesmo conceito de agudeza circulante nas principais cortes imperiais da Europa.

Os casos paradigmáticos presentes no acervo ocorrem com a regularidade máxima que o campo editorial seiscentista prevê. André Nunes da Silva é um dos poetas portugueses que publicou em vida seus poemas líricos, mormente os de vertente religiosa, mas igualmente poemas que atentam à variedade de matérias e estilos, como é comum na poética de agudeza. Seus três títulos guardados na BN *Poesias várias*, 1671, *Sonetos* à Conceição *da Virgem*, 1695 e *Hecatombe sacra*, 1686 trazem como única particularidade livresca estarem contidos num só volume pequeno. São 30 os sonetos à *Virgem*.

Outra boa notícia diz respeito às traduções de poesia: vários de nossos poetas seiscentistas são tradutores de obras poéticas importantes, como o caso do André Rodrigues de Matos, um dos que traz para a língua portuguesa a obra-prima de Torquato Tasso "composta no idioma toscano": *O Godofredo ou Hierusalem libertada: poema heroyco*, mais adiante traduzida também por Pedro de Tojal. Na poesia que André de Matos escreveu propriamente chama atenção o caráter rapsódico, pois seus poemas costumam realizar certa interação com trechos já conhecidos, mormente de poemas camonianos. É o caso do *Triunfo das armas portvgvezas*, *deduzido de varios versos do insigne poeta Luis de Camoens glosados*, assim intitulado e anotado. Trata-se de um poema de média extensão, com 55 estrofes, em que cada estrofe retoma dois versos inteiros de *Os Lusíadas*, "reduzidos ao intento", como eles diziam. Nota-se então, de um lado, a inserção de André de Matos no meio letrado lisboeta, quer porque reativa a imitação mais disputada, a da obra do maior modelo de perfeição em língua portuguesa, Luís de Camões, quer porque traduz um seu interlocutor eminente em Itália no final do século XVI, Torquato Tasso. Foram ainda encontradas poesias de vários poetas-tradutores do século XVII, como o frei Francisco de Santo Agostinho de Macedo, que levou *Os Lusíadas* para a língua latina, e João Franco Barreto, que trouxe versos latinos de Virgílio para a língua portuguesa. Há vários outros. Vertente reveladora no domínio da tradução encontra-se nas obras antigas vertidas moralizadamente à língua portuguesa, quer dizer, Esopo, Ovídio e "outras gentilidades" eram apropriadas às convenções da poesia cristã católica, vigentes no Antigo Estado português contra-reformado de então. Tradução de Esopo a BN possui a versão de Manuel Mendes: *Vida e fabulas do insigne fabulador grego*, mas essa obra não consta em nosso *Catálogo* por outra razão de ordem bibliotecária: a BN possui muitos títulos importantes que se encontram todavia fora de consulta ao pesquisador. Isso ocorre em geral devido a más condições de preservação material do suporte, condições que acometem o objeto livro desde sua fabricação até o armazenamento, passando pelo por vezes inadequado manuseio de leitores diversos. São os casos de outros livros de poesia identificados mas não catalogados aqui: de Luís da Cruz nossa biblioteca possui uma *Interpretatio poética* e peças teatrais do início do século XVII (em 1600); do poeta Luís Sanchez de Melo temos uma *Invectiva poetica contra cinco vícios*, de 1641; do poeta Manuel Moreira Pita temos um curioso *Poema africano, sucessos de D. Fernando Mascareñas*, de 1633; de Paulo da Cruz temos diverso gênero poético, o *Encomio de S. Vicente e de svas translações*, escrito em 1614 e, da poesia ao divino, existe na BN o livro *Desejos piedosos de huma alma saudosa de seu divino esposo...*, mais adiantado no século, em 1688, de Joseph Pereira Velozo e; ao final da centúria, em 1700, o frei Francisco da Natividade oferece seus *Lenitivos da dor propostos ao augusto, e poderoso monarcha el rey D. Pedro II nosso senhor*, e certamente vários outros livros de toda poesia. A maior parte dessas obras estão temporariamente indisponíveis e poderão com sorte ser consultadas no futuro, quando esses livros passarem por algum processo de restauração que lhes for possível, porém alguns encontram-se efetivamente ilegíveis.

As melhores surpresas deram-se ao encontrar obras desconhecidas de que o público leitor de poesia encontra-se preterido quer pelo vão do tempo, quer pela exclusão do sistema literário e editorial. É o caso definitivo de André Mascarenhas, poeta épico, como outros revelados nesta pesquisa. O poema *A destruição de Espanha* é bem escrito em estilo heroico. Traz um prólogo longo, citando todas as grandes autoridades, em estilo claro e conciso. A edição é rica também porque traz muitos poemas preambulares, de nomes como Violante do Céu. O poema épico, que figura lutas entre reis maometanos e cristãos, é fabuloso. Tem como primeiro argumento da fábula um castigo encetado por Júpiter por conta do estupro da filha de um suposto Conde nos reinos de Espanha; o segundo argumento trata da vingança a partir do *incipit*: *cantem todos as guerras tremembundas* etc. São nove livros incrivelmente vestidos de afetos e... desconhecidos.

Na cena letrada seiscentista em Portugal, há personagens que figuram difusamente em vários domínios. É o caso de Antonio Álvares da Cunha, fidalgo nascido em Goa, região que, a partir de

1510, foi a capital do Estado português da Índia. Assinando muitos papéis como o "ambicioso secretário" (sabe-se: da Academia dos Generosos), este homem de letras arrisca publicar discursos laudatórios e encomiásticos, em prosa e verso, como um epitalâmio em cujo argumento finge-se um *Certamen epithalamico* entre heróis portugueses.

Por outro lado, o *Catálogo* vai igualmente revelar obscuridades presentes na historiografia da literatura conforme chegou aos nossos dias. Antonio Álvares Soares, embora seja uma quase exceção por ter publicado em vida um livro de poesia lírica, não possui nenhum livro guardado no espólio da BN. O livro de Soares, de título *Rimas varias,* 1628,[7] foi editado em Lisboa na casa editorial de Matheus Pinheiro e traz versos líricos, amorosos, elogiosos e religiosos em alguns dos mais prestigiados subgêneros, conforme a variedade poética do início do século em que foi publicado. Todavia, Álvares Soares vai fazer-se presente na nossa nacional biblioteca graças a alguns sonetos figurantes na obra coletiva *Certamen poético em louvor de Dom Miguel de Noronha*, de 1625. Nessa disputa, repare-se, o poeta ganhou o primeiro prêmio com um soneto (fl.11b, XVIII). Tais lacunas bibliográficas ocorrem rarefeitas em todo o sistema literário do Brasil. No século XX vimos algumas tentativas de resgate de obras de poetas que, ainda que tivessem tido toda uma vida dedicada à poesia, permaneceram, e alguns efetivamente ainda permanecem, ausentes das histórias da literatura nacional. Os catálogos bibliotecários servem igualmente para subsidiar esses resgates de autorias, salutares e necessários ao entendimento das nossas letras luso-brasileiras.

---

7 O que não confere, a propósito, com o título *Rithmos diversos*, referido por Diogo Barbosa Machado como sendo o livro do poeta publicado no ano mesmo de 1628.

Algo semelhante se dá com a bibliografia de Antonio Serrão de Crasto, que protagonizou em vida uma dolorosa história de perseguição e sofrimento intenso causado pelo Tribunal do Santo Ofício. Tendo sobrevivido uma década nas masmorras inquisitoriais sob acusação de judaísmo, tendo visto seu filho ser garroteado e queimado na fogueira, hoje é poeta citado pelo poema longo *Os ratos da Inquisição*, enredo abrasado da insanidade escarmentadora da tortura inquisitorial, escrito em versos curtos em muitas décimas redondilhas. A BN possui um exemplar desse título, mas a edição ficou de fora do nosso *Catálogo* por ser obra oitocentista (conforme o critério temporal). Essa edição inclui um incisivo "prefácio biográfico" escrito por Camilo Castelo Branco, o escritor do século XIX ilustrado pelo interesse nos "seiscentistas". Nesse prefácio, o impetuoso polemista da língua portuguesa faz uma apreciação da ação de Crasto na cena letrada do século XVII como titular da *Academia dos Singulares*, e fala do depois da prisão (em 1672), de seu escarmento nos versos e no terror, de modo que os adjetivos fazem mover o mais austero dos leitores "históricos": "Rija constituição era a deste homem que aos setenta e três anos fazia estes dessorados versos, e quase cego ia deixá-los às portas dos antigos amigos misericordiosos que lhe davam por eles o pão de cada dia! (...) Que estúpida e selvagem reação a das forças vitais a tantos elementos destruidores! Custa muito morrer. (...) A visão refulgente que decerto o visitou até ao fim, nas suas trevas absolutas, devia ser o filho hirto, lívido, estrangulado, amarrado ao poste, entre as línguas de fogo – as luminárias do eterno Moloch."[8]

8 António Serrão de Crasto. *Os rato da Inquisição seguido de A Francisco de Mezas*. Prefácio de Camilo Castelo Branco. Lisboa: ed. Frenesi, 2004, p.31 e 47.

Fora disso, no refrigério dos versos de linha curta e ritmo ligeiro, existe, atribuído a Antonio Serrão [*sic*], um texto copioso, com quatro romances seguidos por muitas décimas, denominado *Relaçam das grandiosas festas com qve os Religiosos da sagrada Ordem dos Prégadores do Real Conuento de S. Domingos desta Corte de Lisboa celebrarão as canonizações dos gloriosos santos, S. Lviz Beltram, S. Roza de S. Maria, beatificação de S. Margarida de Saboya, no anno de 1671*. Encontramos também ao mesmo Antonio Serrão atribuído um epigrama preambular ao curioso livro *Opera Omnia*, de Antonio Figueira Durão, prosa e versos em latim, com traduções de Virgílio e outras autoridades, numa variedade de éclogas, epigramas e poesia heroica, o qual chama atenção por ser uma "obra completa" publicada em 1635, tempo em que raros eram os poetas que conseguiam publicar quando muito um título de produção individual, o que somente foi possível, não resta dúvida, por não se tratar de poesia em romance, e que seguia de perto a lição dos gêneros poéticos dos Antigos. O poeta Durão consta igualmente no nosso *Catálogo*, somando-se dele um poema panegírico, de mesmo modo em latim, de ornato consoante as orações de sapiência quinhentistas, discursos eruditos oscilantes entre o encômio e a ciência, que costumavam abrir o período letivo das disciplinas na Universidade de Coimbra: *Templvm aeternitatis Poema panegyricum In aula Conimbricensis Academiae pro rostris recitatum...*, 1640. Do Serrão, em português, há ainda uma décima nos discursos preambulares num *Opúsculo*.

Por fim, registram-se as grandes ausências desse acervo, derivadas que são de variadas causas, desde a mais material perda do suporte papel até ao apagamento institucional de determinada autoria. Vejam-se alguns casos. No que concerne à poesia feita na América portuguesa, a BN possui importantes manuscritos de Gregório de Matos e Guerra (1636-1696), a única forma de publicação até praticamente o século XX da poesia de um dos maiores poetas luso-brasileiros de todos os tempos. Há também muitas antologias hodiernas do nosso *Boca do Inferno*, mas não possui títulos seiscentistas porque Gregório de Matos não publicara suas poesias em vida, o que acontecia frequentemente com a maior parte de seus coetâneos. De seu irmão Eusébio de Matos a BN guarda prosa já editada no início do século XVIII. Na origem do ineditismo da poesia encontra-se a questão do gênero em que os poemas foram escritos. O caso de Gregório de Matos é paradigmático na historiografia da literatura brasileira pois, neste campo teórico, ficou consolidada a imagem de um poeta satírico, fescenino, por vezes mesmo obsceno. Ora, se mesmo a poesia lírica "grave ou séria" era de difícil edição no século XVII, conquanto estava sempre submetida hierarquicamente à poesia espiritualizada: moralista, espiritual, devocional etc., quanto mais se o poeta contasse com a impetração de um *ethos* poético, um caráter ficcional afixado ao autor como aquele que cantava os vícios, lugar que subjugava sua poesia ao degrau inferior dentre os gêneros editados em forma de livro. Ser a sátira gênero obnubilado nos estudos literários é história tão antiga quanto a comédia, e temos dessa condição histórica um capítulo nessa circunstância, pois não é à toa que tenham permanecido sem edição em livro e ocultadas dos arquivos obras de poesia satírica como a praticada por Gregório de Matos e poetas lusófonos outros, do porte de Thomás de Noronha e Tomás Pinto Brandão. O gênero cômico, e nele a sátira, desde sempre carregaram o fardo de demonstrarem os vícios, desde sempre foram excluídos dos espólios.

De Gregório de Matos a BN possui manuscritos fundamentais, dentre eles uma *Vida e obras* do poeta feita pelo licenciado Manuel Pereira Rebelo, no século XVIII, texto cuja leitura se encontra na origem da composição da autoridade letrada de Matos no conjunto das letras luso-brasileiras. Livros impressos dele aparecem desde o século XIX, e há muitas edições dos nossos dias. Do contemporâneo e amigo Tomás Pinto Brandão (1664-1743) há manuscritos também, como a *Satira ao governo de Portugal: por Gregório de Mattos, reçusitado em Pernambuco no ano de 1713* de autoria dividida e duvidosa, e alguns livros com sonetos, romances e silvas, como o *Pinto renascido, empennado e desempennado, primeiro voo...*, mas são todos papéis do século XVIII, daí não estarem arrolados no índice.

No entanto, há ausências de outras ordens. Mesmo no campo da poesia grave, alguns autores fazem igual falta: Leonel da Costa é um importante homem de letras português, tradutor das obras de Virgílio, as quais se consolidaram como das mais modelares na prática letrada seiscentista em língua portuguesa. Sua tradução de *As éclogas e georgicas de... / Virgílio* servem aos poetas de então como um arquétipo do verso que todos emulavam, buscando engenho para escrevê-lo, pois Virgílio era autoridade maior, até mesmo por sua obra ter sido escrita nos três estilos paradigmáticos nas duas antiguidades grega e latina: mediano, pedestre e sublime. O leitor tem guardadas na BN do Brasil várias obras de Leonel da Costa, como essa tradução impressa do poeta latino de maior prestígio, mas não a versão circulante no século XVII. As três cotas a ele atribuídas – essa tradução impressa, posto que a tradução de a *Eneida* permaneceu manuscrita, uma tradução de um livro do dramaturgo Terêncio e algumas curiosas redondilhas de próprio punho, *A converçaõ miraculosa da felice egypcia penitente S. Maria, sua vida e morte / composta em redondilhas por Leonel da Costa* – foram editadas já no século XVIII e, pelo mesmo critério temporal do *Catálogo*, não foram incluídas nele.

Chave de leitura do catálogo

A metodologia da pesquisa implicou na recuperação dos dados nas várias bases da BN, a partir das quais foram preservados apenas os seguintes dados, nesta ordem:

Nome do poeta com datas de nascimento e morte (quando conhecidas).

Título da obra em itálico.
Local, casa editorial e data de publicação.
Cota ou cotas encontradas na BN.

Há dois pequenos apêndices, com poucos autores extemporâneos: o primeiro apenso é constituído por poetas do século XVI publicados no Seiscentos, dentre os quais Luís de Camões, e o segundo apenso traz poetas seiscentistas publicados apenas no século XVIII, fora do critério temporal do *Catálogo da Poesia Seiscentista da Biblioteca Nacional,* na antologia célebre *Fênix Renascida*, livro singularíssimo que se mostrou representativo da poesia de agudeza porque recolheu parcela larga destes autores, alguns dos quais permaneceriam totalmente inéditos se não fossem apresentados por tal coletânea, também ela inteiramente disponível na nossa BN.

Caderno de imagens

Cópias de poemas e imagens que fazem parte do acervo de livros de poesia luso-brasileira do século XVII depositados na Biblioteca Nacional do Rio de Janeiro

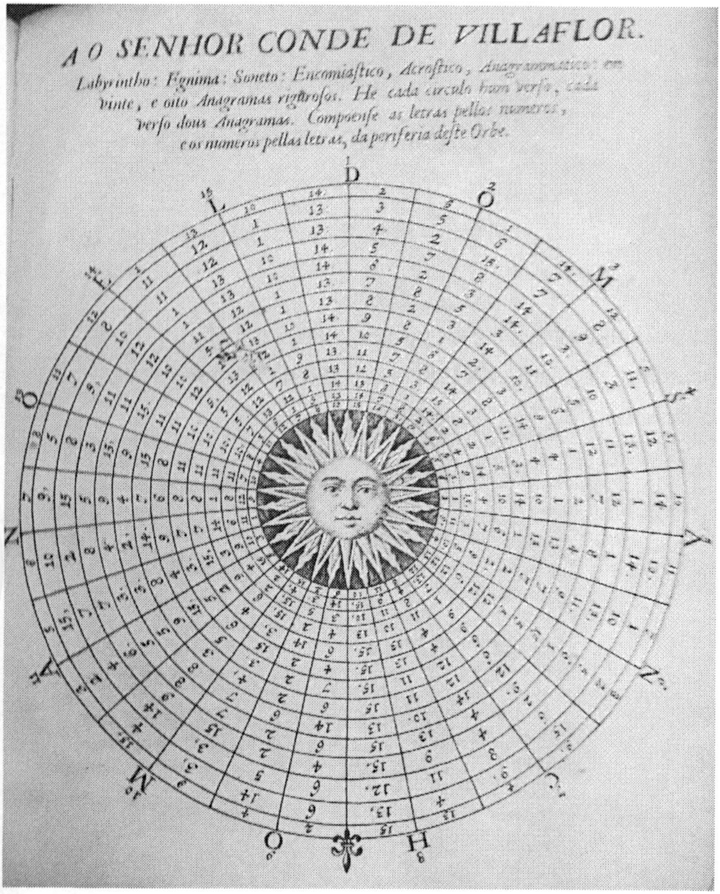
A O SENHOR CONDE DE VILLAFLOR.
Labyrintho: Enigma: Soneto: Encomiastico, Acrostico, Anagrammatico: em vinte, e oito Anagramas rigurosos. He cada circulo hum verso, cada verso dous Anagramas. Compoense as letras pellos numeros, e os numeros pellas letras, da periferia deste Orbe.

Aduertencia ao Leitor.

EM Iunho deste presente anno de 1625. saindo ao campo de Tanger dom Miguel de Noronha Conde de Linhares Capitão geral daquella fronteira, deu, à vista dos Caualeiros, que o acompanhauão, com hum Leão, a que remetendo sò, o matou diante de todos às lançadas. De cujo successo, (tido geralmente por notauel) sabendo dom Fernando de Faro seu particular amigo, ordenou o certamen presente de Soneros Portugueses, com tres cortes de tela de ouro por premios aos tres melhores: de que foraõ juizes Nuno de Mendoça do Conselho de estado de sua Magestade, & seu Presidente no tribunal da Consciencia; & dõ Ieronymo de Attayde filho herdeiro do Conde de Castro; que julgaraõ o primeiro premio a Antonio Aluares Soares; o segundo a Martim Afonso de Torres; & o terceiro a Ioaõ de Araujo, todos naturais desta cidade de Lisboa.

LXI Heroibus
Fidei confessionem fortiter
die tertia Augusti, anno MDCXXXX
Franciscus Diaz
Didacus Diaz
Didacus Fernandez
Emmanuel Alvarez
Petrus Perez

SONETO.

PAssò de firmamento a firmamento
Maria, presuncion del ser humano,
pues passó del palacio Lusitano
a la esphera mayor del luzimiento.

En vano procurò su detrimento
de la Parca cruel la injusta mano,
pues subir al Palacio soberano,
fue cõseguir en todo eterno aumẽto.

Pero si con Deidades assistia
en la esphera de vn Ioue sin segundo
(q̃ es la mayor Deidad en mortal velo)

Que aumento superior conseguiria
la que assistia a lo mejor del mundo,
sino passando a lo mejor del Cielo.

Soror Violante do Ceo.

SONETO.

A Quem ha de pedir, a quem agora
a Primauera alento para as flores?
graça, viueſa, ſuauidade, & cores,
cõ q̃ o prado ſe ri, quando o Ceo chora?

Para veſtir a roſa de ſenhora,
quem lhe ha de dar os regios reſplãdores?
quem para o crauo de Carmin fulgores?
ambar para os jazmins, riſos de Aurora.

Ia naõ veremos não que a Primauera
poſſa enfeitar as flores hum sò dia,
porque tudo da morte ſinta aggrauos.

O morte intempeſtiua, o morte fera?
que enfim como morrèo Dona Maria
naõ ha flores, jaſmins, roſas, nem crauos,

O P. D. Pro[illegible]

CANÇÃO
HEROICA
A MAGESTADE SERENISSIMA
de nosso Invicto Monarcha
D. AFFONSO VJ
NA SINGULAR VICTORIA, QUE
suas sempre justas, & agora triunfantes
Armas alcançarão,
NA MEMORAVEL BATALHA D[E]
CANAL
OFFERECEA
FR. IERONYMO VAHIA
Monge de S. Bento.

LISBOA
Com todas as licenças necessarias.
Na Officina de Henrique Valente de Oliveira Impressor delRey N. S. *Anno* 1663.

MOURAM
RESTAURADO
em 29. de Outubro de 1657.
OFFERECIDO AO SENHOR
JOANNE MENDES
DE VASCONCELLOS,
Tenente General da Provincia do Alemtejo,
Por ANTONIO DA FONSECA SOARES.

LISBOA.
Na Officina de Henrique Valente de Oliveira, Impressor delRey nosso Senhor.
Anno de 1658.

RELACAM
DIARIA
DO SITIO, E TOMADA

da forte praça do Recife, recuperação das Capitanías de Itamaracà, Paraiba, Rio grande, Ciará, & Ilha de Fernaõ de Noronha, por Francisco Barreto Mestre de campo general do Estado do Brasil, & Gouernador de Pernambuco.

LISBOA. *Com licença*, Na Officina Craesbeeckiana. 1654.

PANEGYRICO

AO EXCELLENTISSIMO SENHOR

DOM ANTONIO LUIZ DE MENEZES,

Conde deCantanhede, Governador das Armas da Provincia do Alemtejo,

POR

ANTONIO DA FONSECA SOARES

em applauso da gloriosa victoria das Linhas de Elvas em 14. de Janeiro de 1659.

LISBOA.

Na Officina de Henrique Valente de Oliveira Impressor delRey nosso Senhor. Anno de 1659.

Catálogo

Lista dos poetas

Alexandre de Miranda (de Vilhegas)
André da Silva Mascarenhas
André Nunes da Silva
André Rodrigues de Matos
Antonio Álvares da Cunha
Antonio Álvares Soares
Antonio Barbosa Bacelar
Antonio de Matos Teixeira (Jaymes Theottonio de Naxera)
Antonio de Mendonça
Antonio de Miranda Henriques
Antonio de Sousa de Macedo
Antonio Figueira Durão
Antonio Fonseca Soares (Frei Antonio das Chagas)
Antonio Gomes de Oliveira
Antonio Henriques Gomes
Antonio Lopes Cabral
Antonio Lopes de Veiga
Antonio Marques Lesbio
Antonio Rodrigues da Costa
Antonio Serrão de Crasto
Antonio Vieira
Baltazar Estaço

Bento Teixeira
Bernarda Ferreira Lacerda
Bernadino Botelho de Oliveira
Bernardo de Almeida
Brás Garcia Mascarenhas
Diogo de Paiva Andrade
Diogo Ferreira de Figueiroa
Diogo Gomes de Figueiredo
Domingos Lopes Coelho
Domingos Pereira Bracamonte
Duarte de Mello de Noronha
Duarte Lopes Rosa
Duarte Ribeiro de Macedo
Eloi de Sá Soutomaior
Estevão Rodrigues de Castro
Fernando Correa de La Cerda
Francisco Child Rolim de Moura
Francisco de Brito Cação
Francisco de Brito de Menezes
Francisco de Faria (Correa)
Francisco de França Costa (Francisco de Francia e Acosta)
Francisco de Matos de Sá
Francisco de Portugal
Francisco de Sá de Menezes
Francisco de Santo Agostinho de Macedo, Frei
Francisco Gomes Barboza
Francisco Leitão Ferreira. (Floriano Freyre Cita-Cesar)
Francisco Lopes
Francisco Machado
Francisco Manuel de Melo
Francisco Martins de Siqueira

Francisco Nunes de Avila
Francisco Rodrigues Lobo
Francisco Xavier de Menezes, 4º Conde do Ericeira
Gabriel da Purificação
Gabriel Pereira de Castro
Gaspar Pinto Correa
Gregório de San Martin
Gregorio Martins Ferreira
Isabel Correia
Jacinto Cordeiro
Jerônimo Baía
Jeronimo Correa
Jeronimo da Silva Azevedo
Jerônimo Freire Serrão
Jeronimo Peixoto da Silva
Joanna Josefa de Menezes, 3ª Condessa de Ericeira
João Aires de Morais
João Batista da Ponte
João de Mattos Fragoso
João de São Francisco
João Franco Barreto
João Manuel de Melo
João Medeiros Correa
João Nunes da Cunha, Conde de São Vicente
João Pereira da Silva
João Rodrigues de Sá e Meneses
Jorge Pinto de Morales
José Correa de Brito
José da Cunha Brochado (Félix Joseph da Soledade)
José de Faria Manuel
Leonarda da Encarnação

Leonardo de São José
Lourenço de Aguilar
Lucas Veloso
Luís de Menezes, 3º conde de Ericeira, Dom
Luís de Siqueira da Gama
Luis do Couto Félix
Luís Nunes Tinoco
Manuel Bocarro Francês (Rosales)
Manuel Borralho
Manuel Botelho de Oliveira
Manuel Calado
Manuel Coelho de Carvalho
Manuel da Nóbrega
Manuel das Chagas
Manuel das Povoas
Manuel de Abrantes
Manuel de Galhegos
Manuel de Gouvea de Vasconcellos
Manuel de Faria e Sousa
Manuel de Leão
Manuel de Pinho
Manuel de Portugal
Manuel Gomes Serrano
Manuel Mendes de Barbuda Vasconcellos
Manuel Pacheco de Sampaio Valadares
Manuel Pires de Almeida
Manuel Tavares Cavaleiro
Manuel Tomás
Maria de Mesquita Pimentel
Mariana de Luna
Miguel Botelho de Carvalho

Miguel da Silveira
Miguel Leitão de Andrade
Pascoal Ribeiro Coutinho (Jasinto Pacheco Robrilvo)
Paula da Encarnação
Paulo Gomes de Abreu
Paulo Gonçalves de Andrade
Pedro de Azevedo Tojal
Pedro Luís Ossorio
Rafael Bluteau
Roque Pinto Lobato
Salvador Taborda Portugal
Sebastião da Fonseca e Paiva
Simão Correa da Silva
Simão Ramos
Teodósio de Contreiras da Silva
Tomás Aranha
Valério da Costa e Gouveia
Vasco Mouzinho Quevedo e Castelo-Branco
Vicente de Gusmão Soares
Violante do Céu

Apensos

1.

André Falcão de Resende
Diogo Bernardes
Fernão Álvares do Oriente
Francisco de Sá de Miranda
Luís Vaz de Camões

2.

Antonio dos Reis
Duarte Ribeiro de Macedo

Francisco de Melo, Dom
Francisco de Vasconcelos Coutinho
José do Couto Pestana

Obras:

Alexandre de Miranda (de Vilhegas)
Glosa, p. 105v. In: *Panegirico a Andre de Alboqverqve Ribafria Alcaide mor* de Sintra, mestre de campo general da provincia do Alentejo. Com os elogios qve *a sua morte se fizeram. Escreueo o d. Ioam de Medeyros Correa...* - [Lisboa] na officina de Domingos Carneiro, 1661]. Correa, João Medeiros. Cota: 024,01,03 n.05

André da Silva Mascarenhas
Livro: *A destruiçam de Espanha: restauraçam summaria da mesma...* / por o doutor Andre da Sylva Mascarenhas... - Lisboa: Por Antonio Craesbeeck de Mello, 1671.
Cotas: 185,003,004 / 217,004,004 / 190,003,015 / 197,004,025

André Nunes da Silva (1630-1705)
1
Poesias varias de Andre Nunes da Sylva, - Em Lisboa: Por Domingos Carneiro, 1671. Cota: 053,001,030 n. 001
2
Sonetos a Conceicam da Virgem S. N. /, por Andre Nunes da Sylva. - Lisboa [Portugal]: Na Officina de Manoel Lopes Ferreira, 1695. Cota: 053,001,030 n.003
3
Hecatombe sacra, ou, Sacrificio de cem victimas:, em cem sonetos, em que se conthem as principaes accoes da vida do glorioso patriarcha S. Caetano Thiene... /, escritos por Andre Nunez da Sylva: Lisboa [Portugal]: Na officina de Miguel Deslandes, 1686.
Cota: 53, 1, 30

Nota: Os três livros encontram-se num só volume.

André Rodrigues de Matos (–m. 1698)

1

Triunfo das armas portvgvezas, deduzido de varios versos do insigne poeta Luis de Camoens glosados reduzidos ao intento por Andre Rodrigues de Mattos...: Lisboa [Portugal]: na Officina de Antonio Craesbeeck de Mello 1663. Cota: 023,04,02 n.14

2

Dialogo fvnebre entre o reyno de Portugal, e o rio Tejo glosando o famoso soneto 'Fermoso Tejo meu, quam differente' em sentimento do golpe mais cruel com que a Parca, o Outono, hua cortou a vida mais florecente e o outro a flor mais animada na... dona Isabel Lvisa Iosepha, infante de Portugal..., d.v.c. esta pequena obra Andre Rodrigves de Matos.... Lisboa: Officina de Miguel Deslandes, 1690. Cota: 023,003,004 n. 020

3

O Godofredo ou Hierusalem libertada: poema heroyco, composto no idioma toscano por Torcato Tasso; traduzido na lingua portugueza... por Andre Rodriguez de Mattos - Lisboa: Na officina de Miguel Deslandes, 1682.

Cotas: 033A,002,019-019A exs. 1 e 2 / 235,001,006 ex. 3 / 224,003,003 ex. 4 / 140,001,014 ex.5

Antonio Álvares da Cunha (1626-1690) ("Ambicioso secretário")

1

Aplauzos academicos, e rellação do felice successo da celebre victoria de Ameixial, oferecidos ao excelentissimo senhor Dom Sancho Manoel, conde de Villaflor, pelo secretario da Academia dos Generosos, e Academico Ambicioso [Antonio Alvares da Cunha]. 1673. Amsterdam: Jacob van Velsen, 1673. Cota: 057C,004,006

2

Certemen epithalamico, Publicado na Accademia dos Generosos de Lisboa: ao Felicissimo Cazamento do... monarcha D. Affonso VI... com a Princeza d. Maris Franc. Izabel... offerecido A Luis de Vascõcello, & Souza... Pello Academico Ambicioso, & Secretario da referida Academia. – Lisboa: Na Officina de Ioam da Costa, 1666. Cota: 023,002,001 n.005

3

Carta a João Nvnes da Cunha, Conde de S. Vicente da Beira... quando foi elleito Vice-Rei da India, Por d. Antonio Alvarez da Cvnha... dada à luz por Antonio Craesbeeck de Mello... e na sua Officina impressa. [Lisboa]: Antonio Caresbeeck de Mello, 1666. Cota: 024,001,001 n.010

4

Elegia Pira fúnebre, p.78-85. In: *Compedio panegirico da vida, e acçoens do excellentissimo senhor Luis Alverez de Tavora conde de S. João, marquez de Tavora.../ / escrito por Dom Ivis de Menezes, conde da Ericeira... Oraçam funebre, que pregou nas suas exequias o illvstrissimo senhor dom frey Luis da Sylva, bispo de Titiopoli... Varios versos dedicados ao mesmo assumpto.* Lisboa: Aut. Rodriguez d'Abreu, 1674. Cota: 24, 1, 3 n.7

5

Sonetos, p.235, p.241v; Madrigale, p.248: *Varios Versos* ao felix nacim*ento, do serenissimo Infante Dom Pedro Manoel.* Dos Academicos a qve Preside Dom Affonso de Meneses. Dedicados a Magestade da Raynha nossa Senhora, que Deos guarde. Lisboa [Portugal]: Por Paulo Craesbeeck, 1648. Cota: 023,001,001

Antonio Álvares Soares

Dois sonetos: soneto XVIII, fl.11b e Soneto XXIIII. In: *Certamen poetico em lovvor de dom Miguel de Noronha conde de Linhares...*

ao valor com que no seu campo, sò â vista de todos, matou hum leão as lançadas. / Ordenado por dom Fernando de Faro. - Em Lisboa [Portugal]: Por Geraldo da Vinha, [1625?]. Cota: 24, 1, 1 n.3

Antonio Barbosa Bacelar (1610-1663)

1

Oitava de Luis de Camoens. Glozada pello Dovtor... a glorioza victoria do Canal, em 8 de junho de 1663. Sendo governador das armas da provincia do Alemtejo, dom Sancho Manoel, conde de Villa-Flor. Lisboa [Portugal]: na Officina de Henrique Valente de Oliveira, 1663. Cota: 023,004,002 n. 12

2

Helvia obsidione liberata avspiciis Alphonsi VI... Dvce lusitani exercitus Antonio Lvdovico Menesio comite Cantaniedi... Scripsit Alexivs Collotes de Jantillet. Vlyssipone [Portugal]: apud Antonioum Craesbeeckiu, 1662. Cota: 023,004,001 n. 006

3

Relaçam da vitoria qve alcançaram as armas do... rey d. Affonso VI em 14 de Ianeiro de 1659 contra os de Castella, qve tinham sitiado a praça d'Eluas..Em Lisboa: na Officina de Antonio Craesbeeck, [s.d.] Cotas: 023,005,007 n. 013 ex.1 / 023,004,001 n. 005 ex. 2

4

Soneto, f21b, endechas, p. F60-6. In: *Memorias fvnebres, sentidas pelos Ingenhos Portugueses na morte da senhora Dona Maria de Attayde. Offerecidas a senhora Dona Lviza Maria de Faro, Condessa de Penagviam.* - Lisboa: na Officina Craesbekiana, 1650. Cota: 024,001,007 n.001

Outras cotas: 023,005,007 n.010 ex. 1 / 026,002,025

Antonio de Matos Teixeira (Jaymes Theottonio de Naxera) (m.1707).
Silva *Prolusam genethiaca em os fastos auspícios do nascimento do príncipe.* Cota: 023, 001, 002 n.7

Antonio de Mendonça, Don (- 1623)
El Fenix Castellano D... renascido de la Gran Bibliotheca d'el ilustrissimo Señor Luis de Sousa.... - En Lisboa: En la Emprenta de Miguel Manescal, 1690. Cotas: 184,003,015 ex. 1 / 188,004,009 ex. 2.

Antonio de Miranda Henriques (-m.1660)
1
Obelisco fvnebre ao serenissimo infante d. Dvarte no sentimento de sua morte... /, Erigeo Antonio de Miranda Henriques. - Imprenta: Lisboa [Portugal]: Domingos Lopez Rosa, 1650. Cota: 023,003,004 n. 006
2
Tetrastichon, Juizo astrológico no Felice nacimento do Senhor Infante que deos guarde. Epigramma, p.233; Canzone: *Nel Natale del sereníssimo infante. Em italiano,* p.242; Romance genethliaco, p.252v-253v. Localização no opúsculo 023,001,001 ex.13. In: *Varios Versos* ao felix nacim*ento, do serenissimo Infante Dom Pedro* Manoel. Dos Academicos a qve Preside Dom Affonso de Meneses. Dedicados a Magestade da Raynha nossa Senhora, que Deos guarde. Lisboa [Portugal]: Por Paulo Craesbeeck, 1648. Cota: 023,001,001
3
Soneto, f24b. In: *Memorias fvnebre, sentidas pelos Ingenhos Portugueses na morte da senhora Dona Maria de Attayde. Offerecidas a senhora Dona Lviza Maria de Faro, Condessa de Penagviam.* - Lisboa: na Officina Craesbekiana, 1650. Cota: 024,001,007 n.001.

Antonio de Sousa de Macedo (1606-1682)
Vlyssippo, poema heroico/, de Antonio de Sousa de Macedo. Lisboa: Antonio Alvarez, 1640. Cotas: 026,002,025 / 002A,004,026

Antonio Figueira Durão (m.1642)
1
Templvm aeternitatis Poema panegyricum In aula Conimbricensis Academiae pro rostris recitatum Sub auspicijs... D. Emmanuelis de Saldagna. Antonius Figueira Duram... extruxit... - [Conimbricae, Portugal: apud Laurentium Craesbeeck, 1640]. Cota: 024,002,006 n.03
2
Opera omnia... –Lisbonae [Portugal]: Ex Typographia Georgii Rodrigues, 1635.
Cota: 211, 4, 13

Antonio Fonseca Soares (Frei Antonio das Chagas) (1631-1682)
1
Panegyrico... ao senhor dom Antonio Luiz de Menezes, conde de Catanhede.../, por Antonio da Fonseca Soares em applausos da gloriosa victoria das linhas de Elvas em 14 de janeiro de 1659. - Lisboa [Portugal]: Na Officina de Henrique Valente de Oliveira, 1659. Cota: 024,001,001 n.007.
2.
Mouram restaurado em 29 de outubro de 1657. Offerecido ao senhor Joanne Mendes de Vasconcellos, tenente gerel da provincia de Alemtejo./, por Antonio da Fonseca Soares. Lisboa: na Officina de Henrique Valente de Oliveira, 1658. Cota: 023,004,001 n.002.
3.
Sonetos, f7a e p. 105. In: *Panegirico a Andre de Alboqverqve Ribafria Alcaide mor de Sintra, mestre de campo general da provincia do Alentejo. Com os elogios qve a sva morte se fizeram. Escreueo*

o d. Ioam de Medeyros Correa... Lisboa: na officina de Domingos Carneiro, 1661. Cota: 023,004,001 n. 002

4

Soneto in *Eclipse da fermosura...* Luís de Siqueira da Gama. - Lisboa: Na off. de Miguel Deslandes, 1699. Cotas: 226, 1, 12 n.12 / 023,003,004 n. 031.

Antonio Gomes de Oliveira

1

Octavario heroico votado a magestade victoriosa delrey n. s. dom Ioam o IV. de Portvgal, pellos oito dias, qve o inimigo esteue com todo o seu exercito sobre a praça de Eluas: donde fugio com pedra grande, maior ignominia. -Imprenta: [s.n.t]. Cota: 023,002,006 n.011.

2

No dia solemnissimo da entrada delrey n. s. em Lisboa, recolhendose das fronteiras de Alenteio, ficando deuastados das suas armas muitos lugares de Castella... Soneto.-Imprenta: [s.n.t.] Cota: 023,002,005 n.011

3

Pella festividade, que em o 1. de Dezembro de 1641, institvhio a cidade de Lisboa Em memoria da deuida Acclamação do sempre Augusto Rey Dom Ioam IV. Nosso Senhor. Inspirada o primeiro de Dezembro de 1640. Soneto. - [s. l.]: Por Antonio Aluarez, 1641? Cota: 023,002,005 n.010

4

Sonetos heroicos Concernentes à Magestade, e estado politico, e militar do sempre avgvsto rey dom Ioam IV N. S. E o principio do Poema heroico. Dom Ioam primeyro de boa Memoria... Ano 1641. Escreve o Antonio Gomez de Oliveyra.. - Em Lisboa: por Antonio Aluarez, 1641. Cota: 023,002,005 n.008.

5

Panegyrico ao sempre avgvsto rey dom Ioam III. Lvsitanico, Indico, Brasilico, e Africano; acclamado, e ivrado rey: na Cidade de Lisboa, em 01. em 15 de Fezembro de 1640 Anno 1640. Escrevia o Antonio Gomes de Oliveyra. -Em Lisboa: por Antonio Aluarez, 1641. Cota: 023,002,005 n.007.

6

Ao Serenissimo Infante de Portvgal O Senhor Dom Affonso No dia solemnissimo de seu baptismo. -Imprenta: [s.l.: s. n.], 1643. Cota: 023,001,001 n. 012.

7

Pelo Sermo. Infante de Portvgal qve naceo hoie sesta feira as sete horas, e hvm qvarto da manham 21. de Agosto de 1643. Estando El Rey nosso Senhor nas fronteiras de Alentejo, expedindo os exercitos contra Castella. -Imprenta: [s.n.t.] Cota: 023,001,001 n. 011.

8

Idylios Maritimos, y rimas varias., primera parte, De Antonio Gomez d'Oliveyra,... a Duarte d'Albuquerque Coelho.... - Lisboa: na Officina de Pedro Crasbeeck, 1617. Cotas: 026,002,027 ex. 1 / 202,004,013 ex. 2.

9

Panegirico ao sempre avgvsto rey D. Joam IV. Lusitanico, Indico, Brasilico, e Africano. Aclamado e jvrado Rey... /, Escreve-o Antonio Gomez de Oliveira. –: Em Lisboa: Por Antonio Alvarez, 1640. Cota: 036,006,004.

Antonio Henriques Gomes (1600-1663)

1

Triumpho Lusitano, recebimiento que mandô hazer Su Magestad el christianissimo Rei de Francia Luis xiii a los Embaixadores Extraordinarios, que S.M. el Serenissimo rey D. Iuan el iv de Portugal le embiô el año de 1641. Fue impresso en Francia, y aora de nuevo en esta Ciudad de Lisboa. - Lisboa: a officina de Lourenço de Anueres, acusta de Lourenço de Queirós Livreiro, 1641. Cota: 25, 3bis, 8:- Doc. 9

2

Academias Morales de las Mvsas dirigidas a la... Reyna de Francia y Navarra... Bordeaux [França]. Estapada por Pedro de la Covrt, 1642. Cota:172,03,08

3

Sanson Nazareno. Poema heroico. Rvan [Franca], En la emprenta de Lavrenco Mavrry, 1656. Cota: 198,02,01.

Antonio Lopes Cabral (1634-1698)

1

Panegirico ao... senhor dom Antonio Lvis de Menezes... Marquez de Marialva... Em a memoravel victoria de Montes Claros /, Composto por Frei.... -: Lisboa [Portugal]: Officina de Antonio Craesbeeck de Mello, 1665. Cota: 024,001,001 n.008.

2

Sam Ioam Baptista, escrito na lingoa Tofcana por Joseph Baptista traduzido no Idioma Portuguez por Fr. Antonio Lopes Cabral... Dedicado a Sam Ioam Evangelista. Lisboa: A custa de Bernardo da Costa d'Carvalho, 1691. Cota: 224, 3, 27.

3

Festas reays na Corte de Lisboa. Ao feliz cazamento dos Reys da Grão Bretanha Carlos Catherina. Em os Tovros que se correram no Terreiro do Passo em outubro de 1661 dedicadas a Europa Princeza de Phenicia e escritas por Izandro, Aonio, e Lvzindo Toureiros de forcado. Lisboa: Domingos Carneyro, 1661. Cota: 023,001,010 n. 008.

4

Qvarto dia do trivmpho dos animais /, Escrito por Berardo Companheiro da Bandeirinha. - Lisboa: Domingos Carneiro, [1661]. Cota: 023,001,010 n. 009.

5
Festas reais nas cortes de Lisboa ao feliz casamento dos reis da Grã-Bretania, 1661. Lisboa: Domingos Carneyro, 1661. Cota: 023, 01, 010.

Antonio Lopes de Veiga (1586-1656)
Lirica poesia / por Antonio Lopez de Vega. A Don Fernando de Toledo... Madrid: [Espanha], Bernardino de Guzman, 1620. Cota: 237, 01,12.

Antonio Marques Lesbio (1639-1709)
A estrella de Portugal, o felis nascimento da serenissima Infanta. /, Dedicado ao... Principe Senhor Nosso, /por Antonio Marques Lesbio. - Lisboa, Por Antonio Craesbeeck de Mello, 1669. Cota: 023,001,002 n.001.

Antonio Rodrigues da Costa (1656-1732)
Embaixada que fez o excellentissimo senhor Conde de Villa-Maior...: ao serenissimo Principe Philippe Guilhelmo Conde Palatino do Rhim,...: conducam da Rainha nossa senhora a estes reinos,... & as augustas vodas de suas Magestades... – Lisboa. [Portugal]:Miguel Manescal, 1694. Cotas: 219,02,07, ex.1 / 185,01,14, ex.2 / 60,03,14,ex.3 / 219,04,14, ex.4 / 226,01,15, ex.5.

Antonio Serrão de Crasto (1610-1683) [Antonio Serrão]
1
Relaçam das grandiosas festas com qve os Religiosos da sagrada Ordem dos Prégadores do Real Conuento de S. Domingos desta Corte de Lisboa celebrarão as canonizações dos gloriosos santos, S. Lviz Beltram, S. Roza de S. Maria, beatificação de S. Margarida de Saboya, no anno de 1671. Escrita em romance por Antonio Serram.

Lisboa [Portugal]: na Officina de Ioam da Costa, 1671. Cota: 024,003,009 n. 010.

2

Décima no preâmbulo do opúsculo Cota: 023,002,001 n.2.

3

Epigrama preambular in: *Opera omnia...* –Lisbonae [Portugal]: Ex Typographia Georgii Rodrigues, 1635, de Antonio Figueira Durão. Cota: 211, 4, 13.

Outra obra: I-300,7,27-28.

Antonio Vieira, padre (1608-1697)

Epigrama, f87a-f87b. In: *Memorias fvnebres, sentidas pelos Ingenhos Portugueses na morte da senhora Dona Maria de Attayde. Offerecidas a senhora Dona Lviza Maria de Faro, Condessa de Penagviam.* - Lisboa: na Officina Craesbekiana, 1650. [Atribuição de autoria.] Cota: 024,001,007 n.001.

Baltazar Estaço (1570-)

Sonetos, canções, eglogas e ovtras rimas. /, Compostas per Baltezar Estaço. Em Coimbra [Portugal]: na Officina de Diogo Gomes Loureyro, MDCIIII (1604). Cota: 212,03,17.

Bento Teixeira (ca.1560-1618)

1

Prosopopea: dirigida a Jorge Dalbuquerque Coelho....- Lisboa: Por Antonio Alvarez, 1601. Cota: Opúsculo 24, 1, 1 n.2 [Coleção Barbosa Machado].

Outras cotas:

B869

1910.453

C,001,027 ex. 1

024,001,001 n. 2 ex. 2
036, 004, 021
032, 002, 017ª n.006 ex.1
107, 004, 039 ex.1

Bernarda Ferreira Lacerda (1595-1644)

1

Hespaña libertada. – Lisboa [Portugal]: Officina de Pedro Crasbeeck, 1618-1673. Cota: 027,05,23-24, ex.1 / 027,05,25, ex.2 / 027,05,26-27, ex.3.

2

Soledade de Bvçaco /, por Dona Bernarda Ferreira de Lacerda. A las religiosas Cramelitas descalças del Convento de S. Alberto de Lisboa.... – [Lisboa, Portugal: Per Mathias Rodrigues, 1634]. Cotas: 027,02,26A, ex.1 / 027,02,27, ex.2 / 027,02,28, ex.3.

Bernadino Botelho de Oliveira

Sentimento lamentavel que a dor mais sentida em lagrimas tribut(-sic) na intempestiva morte da... rainha de Portugal... d. Maria Sofia Izabel(sic) de Neoburb. Glosa ao vigessimo secundo soneto da terceira(sic) parte das rimas do Apolo Portuguez o grande Luis... /, Por Bernardino Botelho de Oliveira. Lisboa [Portugal]: Na Officina de Bernardo da Costa, 1699. Cotas: 023,003,004 n. 022 / 226, 1, 12 n. 15.

Bernardo de Almeida (1634 -)

Minervae panoplia ad maiorem, ac faciliorem scholasticorum quacunque de re loquendi usum. Ornata ex varij authorum floribus... / a doctore Bernardo da Almeida theologo conimbricensis. Romae: Typis Iacobi Dragondelli, [16--]. Cota: V-290,1,20,n.2.

Brás Garcia Mascarenhas (1596-1656)
Viriato tragico... - Coimbra: A. Simoens, 1699. Cotas: 187, 1, 11 / 027,003,020.

Diogo de Paiva Andrade (1576-1660?)
Chavleidos libri dvodecim. Canitvr memoranda Chaulensis vrbis propugnatio, & celebris victoria Lusitanorum aduersus copias Inizae Maluci / Vlysipone [Portugal]: apud Georgium Rodriguez, 1628. Cota: 023,005,005 n.003, ex.1.
Outra cota: 026,002,025.

Diogo Ferreira de Figueiroa (1604-1674)
Epitome das festas qve se fizeram no cazamento do... Principe Dom João, deste nome segundo, & octauo Duque de Bragança: com a... Senhora Dona Luiza Francisca de Gusmão vnica filha do Duque de Medina Sydonia... / Evora: Manoel Carvalho, 1633.
Cota: 23, 5, 9 n.2
2
Iardim de Fanimor. Panegirico ao felice nacimento do Serenissimo Infante D.Pedro... / Ano 1648. Em Lisboa: por Manoel Gomey & Carvo, 1648. Cota: 023,001,001 n.017.
3
Theatro da mayor façanha, e gloria portvgveza. Ao Principe Dom Theodosio o primeiro do nome. / Ano 1642. Em Lisboa: na off. de Domingos Lopez Rosa, 1642. Cota: 023,002,006 n.002.

Diogo Gomes de Figueiredo
1
Canção, da pg. 102v à p. 103v; Glosa a mote, 105v. In: *Panegirico a Andre de Alboqverqve Ribafria Alcaide mor de Sintra, mestre de campo general da provincia do Alentejo. Com os elogios qve a*

sva morte se fizeram. Escreueo o d. Ioam de Medeyros Correa... - [Lisboa] na officina de Domingos Carneiro, 1661]. Correa, João Medeiros. Cota: 024,01,03 n.05.

2

Oda funeral, p.35 a 37v. In: *Memorias fvnebres, sentidas pelos Ingenhos Portugueses na morte da senhora Dona Maria de Attayde. Offerecidas a senhora Dona Lviza Maria de Faro, Condessa de Penagviam.* - Lisboa: na Officina Craesbekiana, 1650. Cota: 024,001,007 n.001.

Domingos Lopes Coelho

Ecco savdoso que no caraçam do mayor monarca justamente sentido responde ao rigor com que a Parca... o destituhio da posse do seu mayor bem na morte da... senhora d. Maria Sofia Isabel rainha de Portugal. Glossa ao soneto decimo-nono da primeira parte das rimas de Luis de Camões... - Lisboa: Officina de Domingos Carneiro, 1661. Cotas: 023,003,004 n. 034 / 226, 1, 12 n.16

Domingos Pereira Bracamonte (1606-1658)

Banquete que Apolo hizo a los embaxadores del Rey de Portugal Don Juan Quarto... - de Jorge da Camara e outros poetas/ Lisboa: Lourenço de Amberes, 1642. Cotas: 187, 2, 7 / V-340,4,1 n.1 / V-320,5,14, n.3.

Duarte de Mello de Noronha

Batalha de Montes Claros. Escrita ao... senhor conde de Castel-Melhor. / Lisboa: Lourenço de Amberes, 1642. Cotas: 023,004,003 n. 013 / 187, 2, 7 / V-340,4,1 n.1 / 214,05,23, ex.1.

Duarte Lopes Rosa

Elogios ao felice nacimento do serenissimo infante de Portugal Don Francisco Iavier &c. filho das inclitas magestades de Don Pedro

II. & Dona Maria Sophia / dedicados por Duarte Lopes Rosa... - 1691. [S.l.: s.n.], 1691. Cota: 023,001,002 n.012.

Eloi de Sá Soutomaior (ca.1570-)

1

A la felicissima entrada de sv magestad en esta ciudad de Lisboa. / Em Lisboa: por Pedro Crasbeeck, 1619. Cota: 023,01,09 n.04.

2

Soneto XXX. Fl.17b. In: *Certamen poetico em lovvor de dom Migvel* de*Noronha, conde de Linhares... ao valor com que no seu campo, sò â vista de todos, matou hum leão as* lançadas. / Ord*enado por dom Fernando de Faro.* - Em Lisboa [Portugal]: Por Geraldo da Vinha, [1625?]. Cota: 024,001,001 n.003.

Duas cotas não consultadas: 021,004,006 / 197, 4, 27.

Estevão Rodrigues de Castro (1559-1637)

Stephani Roderici Castrensis... Quae ex Quibus. Opusculum verè aureum, ac praecipua prognoseos mysteria referans. – Lugduni [França]: Apud Joan. Caffin., 1645. Cota: 198,005,012.

Fernando Correa de La Cerda (1628-1685)

Canção à morte de Andre de Albuquerque, p.99. In: *Panegirico a Andre de Alboqverqve Ribafria Alcaide mor* de Sintra, mestre de campo general da provincia do Alentejo. Com os elogios qve a sva *morte se fizeram. Escreueo o d. Ioam de Medeyros Correa...* - [Lisboa] na officina de Domingos Carneiro, 1661]. Cota: 024,01,03 n.05.

Francisco Child Rolim de Moura (1572-1640)

1

Dos *Novissimos de Dom Francisco Rollim de Moura Senhor da Casa d'Azambuja: quatro Cantos com os argumentos de hum amigo*

em cada Canto... – Em Lisboa: por Pedro Craesbeeck, 1623. Cota: 003,003,018 ex. 1.
Outra obra:II-353,1,6 / [In DIORA: 3, 3, 18].

Francisco de Brito Cação
Franciscvs de Britto Caçam, Lusitanus, Mathosiniensis, Lusitanis inclytis S..... - [Genova?: [s.n.], 1642?]. Cota: 024,001,008 n.004.

Francisco de Brito de Menezes (m.1631)
1
Augustissimo Hispaniarum Principi recens nato Balthasari Carolo Dominico Phelippi hoc nomine III Lusitaniae Regis filio expectatissimo. Natalitium libellum dedicat Academia Conimbricensis iussu Francisci di Britto e Menezes... Ano 1630. Conimbricae [Portugal]: Typis & Expensis Didaci Gomez de Loureyro, 1630. Cota: 169,02,09 / 023,001,001 n.7
2
*Sanctissimae Reginae Elizabethae poeticvm certamen... Ivssv illvstrissimi D. Francisci de Britto de Menezes...*Conimbricae [Portugal]: Typis & Expensis Didaci Gomez de Loureyro, 1626. Cota: 213,03,03.

Francisco de Faria (Correa)
Soneto, f1b. In: *Panegirico a Andre de Alboqverqve Ribafria Alcaide mor* de Sintra, mestre de campo general da provincia do Al*entejo. Com os elogios qve a sva morte se fizeram. Escreueo o d. Ioam de Medeyros Correa... - [Lisboa] na officina de Domingos Carneiro, 1661].* Correa, João Medeiros. Cotas: 024,01,03 n.05 / 024,01,03 n.05.
Sonetos XLVIII e L. In: *Certamen poetico em lovvor de dom Migvel de Noronha, conde de Linhares... ao valor com que no seu campo, sò*

â vista de todos, matou hum leão as lançadas. Ordenado por dom Fernando de Faro. - Cota: 24, 1, 1 n. 3.

Canção de f42a a f43b. In: *Memorias fvnebres, sentidas pelos Ingenhos Portugueses na morte da senhora Dona Maria de Attayde. Offerecidas a senhora Dona Lviza Maria de Faro, Condessa de Penagviam.* - Lisboa: na Officina Craesbekiana, 1650. Cotas: 024,001,007 n.001 / 032,001,009 ex.1.

Cançam *No felix nacimento do senhor infante Dom Pedro Manoel,* p. 243v-p.245. In: *Varios versos ao felix nascimento Pedro Manoel,* 1648, Cota: 023,001,001 ex.13.

Outra cota: Localização Livros Raros - 176, 6, 4.

Francisco de França Costa (Francisco de Francia e Acosta)

Iardim de Apolo / Em Coimbra: Na Officina de Manoel Dias, 1658. Cotas: 214,02,11 n.02, ex.1 / 022,01,08 n.02, ex.2 / 214,02,10 n.02, ex.3 / 136, 2, 1.

Francisco de Matos de Sá

Entrada y triumpho que la ciudad de Lisboa hizo a la C.R.M. del Rey D. Phelipe Tercero de las Españas, y Segundo de Portugal.. – [Lisboa]: Iorge Rodriguez, 1620]. Cotas: 198, 4, 16 / 023,01,09 n.02 / 003,002,038 n. 002.

Francisco de Portugal, Dom (1585-1632)

1

Ao principe D. Theodosio nosso senhor. Divinos, e hvmanos versos de Dom Francisco de Portvgal, / Lisboa: Officina Craesbeckiana, 1652. Cotas: 213,003,008 / 027,001,026 ex.1.

2

Obras de D. Francisco de Portugal, juntas por / Antonio Craesbeeck de Mello... e por elle offerecidas a Dom Lucas de Portugal....

Lisboa: Officina de Antonio Craesbeeck de Mello, 1683. Cota: 027,001,028.

3

Tempestades y batallas de un cuidado auzente. – [Texto incluído no livro acima] Lisboa: por Antonio Cresbeeck de Mello, 1683: [s.n.]. Cota: 002A,004,028 n.002.

Outra obra: 027,001,027 ex. 1.

Francisco de Sá de Menezes (- 1664)

Malaca conquistada por o grande Af. de Albuquerque. Poema heroico de... com os argumentos de Dona Bernarda Ferreira. [Lisboa]: por Mathias Rodrigues, 1634. Cotas: 198, 4, 32 / 184,03,17 / V-281,3,1.

Francisco de Santo Agostinho de Macedo, Frei (1596-1681)

1

Aereum trium imaginum regiarum Ludovic decimi-tertii iusti. Parisiis: Excudebat Dionysius Langlaeus, 1648. Cota: V-118,6,9 n.3.

2

Panegyricvs... D.D.Lvdivico a Sovsa, Archiepisc. Bracharensi... Regij Principis Lvsithiae Petri apud Romanum Pontificem... Innocentivm Vndecimi Legato Extraordinario.Dictus Romae a p.Fr. Francisco à S.Avgvstino Macedo... - Patavii: Cadorinum, 1677. Cota: 25, 3bis, 9 n.9.

3

Serenissimi Principis D.D. Petri Infantis Portvgalliae recens nati carmen genethliacvm. / Parisiis: excudebat Dionysius Langlaevs, 1648. Cota: 023,001,001 n. 016.

4

Votum poeticvm in triumphali pompa... D.D. Francisci a Sovsa... legati extraordinaij obserquij ergo a... principe Lvsitaniae Petro ad

Sanctiss. P.D.N. Clementem X. missi appensum ad Aram. S.Antonij Lusitani Patauij. A P.M.F. Francisco a S.Avgvstino Macedo... – Patavii: Typis Petri Mariae Frambotti, 1670. Cota: 25, 3bis, 9 n.6.

5

Outra obra: I-301,6,9-11 {tradução de *Os Lusíadas* para o latim].

Francisco Gomes Barboza

Panegyrico em a Coroação de sua Magestade... Dom Ioan IV. rey de Portvgal; & dos Algarves, &c. A sua Excelencia, o senhor Tristam de Mendonça Furtado... / Lisboa: na Off. de Lourenço de Anueres, [1641?] Cotas: 023,002,005 n.019 / V-320,5,12,n.5.

Francisco Leitão Ferreira (Floriano Freyre Cita-Cesar) (1667-1735)

1

Affectos lusitanos, que na intempestiva morte da serenissima senhora D. Isabel Luisa Iosefa, infanta de Portugal, o mesmo reyno offerece a immortal fama, perenne duraçaõ, & perpetua memoria de seu soberano, real, & augusto nome; glosa ao decimonono soneto das rimas do grande Luis de Camoens Lisboa: Na Officina de Domingos Carneyro, 1691. Cotas: V-314,5,10,n.2 / 023,003,004 n. 021.

2

Ao Eminentissimo, & Reverendissimo Senhor dom Nuno da Cunha, Presbytero Cardeal... Auspicio encomiastico que tem por assumpto a prediçam que o Bemaventurado Sam Felix de Cantalicio fez ao... Cardeal Felix de Montealto, que no Summo Pontificado se chamou Xisto V. Soneto. - [S.n.t.].: [s.n.]. Cota: 024,01,08 n.20.

3

Ao... senhor D. Manoel infante de Portugal, protector, & juiz da festa com que os padres capuchinhos italianos celebram no seu hospicio desta cidade a canonizaçam de Sam Felix de Cantalicio... Soneto. – [S.n.t.].: [s.n.]. Cota: 023,002,007 n.021.

4
Auspicios encomiasticos, em a felicissima promoçam ao cardinalato do eminentissimo senhor George Cornaro... emanada em 22 de julho de 1697, pelo Oraculo Santissimo de Innocencio XII...Lisboa: Na Officina de Manoel Lopes Ferreyra, 1697. Cota: V-131,6,7, n.145.
5
Berço natalício dedicado ao felice nascimento do Augusto primogenito das magestades lusitanas D. Pedo II & D. Maria Sofia Isabel de Neuburg Reys, & Senhores nossos, screvia-o... Lisboa: Na Officina de Domingos Carneyro, 1688. Cotas: V-314,5,10,n.1 / 023, 001, 002, n.6.
Nota: Este volume contém vários livros: *Berço natalício; Affectos lusitanos; Elogium sepulchrale; Memória sepulchral epitáfio saudoso; Prelúdios encomiásticos ao que obrarão D. Manoel Pereira Coutinho, e seus filhos...; Prosopopeia prologetica em que fallão estas obras com o Leitor; Musa typographica; Idea poética.*
6
Convida-se a magestade...rainha d. Marianna de Austria nossa senhora a applicar os olhos da sua...real devoção ás virtudes com que o Bem-aventurado Sam Felix de Cantalicio floreceo no mundo, & aos gloriosos dotes com que resplandeceo no Ceo. Idea emblematica. em que se pinta huma aguia imperial fitando os olhos nos rayos do sol, com esta epigrafe: In Splendoribus Sanctorum. Soneto. – Cota: 023,002,008 n.009.
7
Memoria sepulchral epitaphio saudoso esculpido pello sentimento sobre a sepultura da sempre augusta e serenissima senhora D. Maria Isabel de Neuburg, rainha de Portugal; glosa ao octagésimo sexto soneto do grande Luis de Camões que anda na segunda centuria das suas rimas comentadas por seu illustrador Manoel de Faria &

Souza... Lisboa: na Officina dos Herdeiros de Domingos Carneiro, 1699. Cotas: V-314,5,10,n.3 / 226, 1, 12n.17 / 023,003,004 n. 027.

8

Serenissimae dominae d. Franciscae Theresiae... Portugalliaes infanti... celebritatem canonizationis S. Felicis de Cantalice... inverventu benigno decoranti. Epigramma. - Cota: 023,002,007 n.010.

Francisco Lopes

1

Bemto, e lovvado seia o Senhor deos. Porqve visitov, e libertov sev povo. Prodigios miracvlosos. – Em Lisboa [Portugal]: por Antonio Aluarez, 641. [Atribuído]. Cota: 023,002,005 n.017.

2

Favores do Ceo. Do braço de Christo que se despregou da CRUZ, & de outras marauilhas dignas de notar. Dedicados ao Illmo. Senhor D. Rodrigo da Cunha... / Em Lisboa: por Antonio Aluarez, 1642. Cota: 023,002,005 n.018.

3

Gloria de Portugal offerecido à Catholica Magestade delRey N. S. Dom Ioão o IV. / Em Lisboa: Por Manoel da Sylva, 1641. Cota: 023,002,005 n.015.

4

Gloria de Portvgal na felice aclamaçam do muito alto, e poderoso Rey D. Ioam IV, offerecido a Sua Magestade / Lisboa: Por Manoel da Sylva, 1641. Cota: 023,002,005 n.014.

5

Honra da patria offerecida a dom gastam Covtinho qvando rendeo as fortalezas da barra de Lisboa com as virtudes delRey nosso Senhor Dom Ioão o IV & da Raynha N. Senhora. / Em Lisboa: Por Manoel da Sylva, 1641. Cota: 023,002,005 n.016

6

Silva oriental, na aclamaçam del-Rey N. Senhor d.Ioão o IV... com hua Glossa no fim muito curiosa. / Em Lisboa [Portugal]: na Off. de Domingos Lopes Rosa e Manuel da Sylva, 1642. Cota: 023,002,006 n.003

7

Valentia christaã, e grande respeito, qve tiveram os nossos Portuguezes no culto Diuino: & o desacato de nossos inimigos. Em verso / Em Lisboa [Portugal]: por Manuel da Sylva, 1642. Cota: 023,002,006 n.004.

8

Soneto Fl.16a XXVII. In: *Certamen poetico em lovvor de dom Migvel de Noronha, conde de Linhares... ao valor com que no seu campo, sò â vista de todos, matou hum leão as lançadas. / Ordenado por dom Fernando de Faro.* - [Cota 24, 1, 1 n.3] [Atribuídos ao "licenciado Francisco Lopes Ribeiro": sonetos I e IIII.].

Francisco Machado (1597-1659)

Ioani IV. avgvstissimo Lvsitanorvm regi, pro felicitate, qua in solenni Corporis Christi pompa proditoris insidias euasit. Elogium Triumphale. – Vlyssipone: excudit Emanuel da Sylva, 1647. Cota: 023,002,006 n.014.

2

Mausoleum maiestatis Ioannis IV, augustissimi regis Lusitanorum, et vitae, & obitus compendium Ulyssipone: ex Officina Craesbeeckiana, 1657. Cota: V-320,5,8,n.14 / 023,003,004 n. 005

Francisco Manuel de Melo, Dom (1608-1666)

1

*Las tres musa del Melodino halladas...*En Lisboa [Portugal]: En la Officina Craesbeeckiana, 1649. Cota: 194,04,12.

2

Obras metricas de.... Leon de Francia: Por Horacio Boessat, 1665. Cota: 94A, 1, 5 / 022,002,019.

3

Pantheon a la immortalidad Del nombre Itade. Poema tragico de d. Francisco Manvel, al conde camareyro maior. Diuidido en dos Soledades. Hacele publico Pavlo Craesbeeck. Lisboa: en la Officina Craesbeekiana, 1650. Cota: 024,001,007 n.002.

4

Ode, F31b-f32b. In: *Memorias fvnebres, sentidas pelos Ingenhos Portugueses na morte da senhora Dona Maria de Attayde. Offerecidas a senhora Dona Lviza Maria de Faro, Condessa de Penagviam.* - Lisboa: na Officina Craesbekiana, 1650. Cota: 024,001,007 n.001.

Francisco Martins de Siqueira (m. 1654)

1

Na felice acclamação do invictissimo rey dom Ioão o quarto de Portugal... / Em Lisboa: por Iorge Rodrigues, 1641. Cota: 023,002,005 n.013.

2

Elegia III, f49a-51b, Romance f61b-62a e Epitáfio 62b In: *Memorias fvnebres, sentidas pelos Ingenhos Portugueses na morte da senhora Dona Maria de Attayde. Offerecidas a senhora Dona Lviza Maria de Faro, Condessa de Penagviam.* - Lisboa: na Officina Craesbekiana, 1650. Cota: 024,001,007 n.001.

Francisco Nunes de Avila

Panegyrico a invenção do corpo do glorioso martyr S. Vicente em as celebres festas que lhe fez a Cidade de Lisboa, em sua

Trasladação... Em Lisboa [Portugal]: por Pedro Crasbeeck, s/d. Cota: 024,003,008 n. 003.

2

Soneto XIV In: *Certamen poetico em lovvor de dom Migvel de Noronha, conde de Linhares... ao valor com que no seu campo, sò â vista de todos, matou hum leão as lançadas. / Ordenado por dom Fernando de Faro.* - Cota 24, 1, 1 n.3.

Francisco Rodrigues Lobo (ca.1580-ca.1622)

1

As Eglobas. [Lisboa]: por Pedro Crasbeeck, ano 1605. Cota: 202, 4, 22.

2

Canto elegiaco no lamentavel svcesso do Santissimo Sacramento que faltou do Sacrario na See da cidade do Porto. Offerecido ao Arcebispo de Lisboa, Dom Miguel de Castro... Em Lisboa: por Antonio Aluares, 1614. Cota: 028,005,041 n.001.

3

La Iornada qve la magestad catholica del rey Don Phelippe III. de las Hespañas hizo a su Reyno de Portugal; y el Triumpho, y pompa con que le recibió la insigne Ciudad de Lisboa el año de 1619. Compvesta en varios romances / Em Lisboa: Por Pedro Crasbeeck, 1623. Cota: 023,001,008 n. 010 ex. 1.

4

O Condestabre de Portugal D. Nunalvres Pereira de... offerecido ao Duque dom Theodosio.... – Em Lisboa: Por Jorge Rodrigues, Anno 1627. Cota: 197, 3, 21 / 28, 4, 8A / 028,005,031; 028,004,009ª.

5

*Primavera... de novo emendada & acrescentada, terceira impressão...*Lisboa: por Antonio Aluarez, 1651. Cota: 28, 4, 10 a.

Francisco Xavier de Menezes, 4º Conde do Ericeira (1673-1743)

1

Elegia, f44a-46b. In: *Memorias fvnebres, sentidas pelos Ingenhos Portugueses na morte da senhora Dona Maria de Attayde. Offerecidas a senhora Dona Lviza Maria de Faro, Condessa de Penagviam.* - Lisboa: na Officina Craesbekiana, 1650. Cota: 024,001,007 n.001.

2

Muitas cotas de poesia do século XVIII: 023,002,008 n.014 / 023,003,004 n. 040 / 023,001,007 n.018 / 023,002,008 n.015 / 023,001,003 n.037 / 023,002,008 n.015.

Gabriel da Purificação, frei (m.1704) (Simão Antunes ou Gabriel Antunes)

1

Espelho diafano, & crystallino, em que se retratao as vidas dos dons mais austeros pententes: S. Jeronymo habitador dos asperos desertos da Syria, & S. Bruno morador nos desabridos montes da Cartuxa... Lisboa [Portugal]: Manoel Lopes Ferreira, 1690. Cota: 237,01,20.

2

Justo sentimento à morte do serenissimo infante d. Duarte em o dia de suas funeraes exequias, em o Real Convento de Belem.../ / Composto pelo padre Gabriel Antunes. -.
Lisboa [Portugal]: Antonio Alvares, 1650. Cota: 023,003,004 n. 010.

Gabriel Pereira de Castro (1571-1632)

Ulyssea, ou, Lysboa edificada: poema heroico./ / Composto pelo insigne doutor Gabriel Pereira de Castro... Lisboa: por Lourenço Craesbeeck, a custa de Paulo Craesbeeck mercador de livros, 1636. Cota: 213, 3, 5.

Gaspar Pinto Correa (1596-1664)

1

Lacrymae lusitanorum in obitu Serenissimi Principis Theodosii secundi Brigantiae Ducis septimi. Pars prima... scribebat... - Ulysipone: apud Petrum Graesbeeck, 1631. Cota: 203, 3, 16.

2

Comentarii in P. Virgilium Maronem, nunc primo juxta ordinem verborum, post tamen uberioribus notis locupletanid, tomus primus [-], complectens sex priores libros Aeneidos. Domino Ludovico Sanches de Baena...1670 Cota: 221, 3, 13.

3

Commentarii in libros Q. Horatii Flacci primo juxta verborum ordine uberioribus deinde notis, illustrati, continens quatuor libros Carminum & librum Epodom. Conimbricae. Lusitaniae captivitatis sub Philippe. Libertas et felicitas sub Ioanne libri quinque...1643. Cota: 235, 2, 8.

4

Epigrama preambular In *Opera omnia...* –Lisbonae [Portugal]: Ex Typographia Georgii Rodrigues, 1635. Cota: 211, 4, 13.

5

Musa panegyrica in Theodosium. Duos continet libros; primus variam panegyrim; secundus variam musam amplectitur Bracharae Augustae [Portugal]: Typis & expensis Fructuosi Laurentii de Bastos, 1624. [Sob o pseudônimo de Miguel Pinto de Sousa, segundo Diogo B. Machado *et alii.*] Cota: 212,04,07.

Gregório de San Martin

1

Svcessos felices intitvlados, finezas de amor. Offerecidos aos poderosissimos Reys de Portugal, & França. Compostos em dous romances / por Gregorio de San Martin. - Em Lisboa [Portugal]: Por Manoel da Sylva, 1642. Cota: 023,002,006 n.007.

2

Epitáfio, f28a. In: *Memorias fvnebres, sentidas pelos Ingenhos Portugueses na morte da senhora Dona Maria de Attayde. Offerecidas a senhora Dona Lviza Maria de Faro, Condessa de Penagviam.* Lisboa: na Officina Craesbekiana, 1650. Cota: 024,001,007 n.001.

Gregorio Martins Ferreira

Ao Exmo. Sr. o Sr. D. Migvel de Portvgal, Bispo de Lamego, Embaxador Extraordinario a Roma. Do Lic. do Gregorio Martinz Ferreyra. Panegirico. Veneza: 1642. Cota: 024,001,008 n.003.

Isabel Correia

El pastor fido: poema de Baptista Guarino; traducido de italiano em metro espanol, y ilustrado con reflexiones por Dona Isabel Correa. Ex Amsterdam: Por Juan Ravenstein, 1694. Cota: 851.

Jacinto Cordeiro (1606?-1646)

1

Silva a elrey nosso Senhor Dom Ioam Quarto... por teu menor vassalo, o alferez / Iacinto Cordeiro. Lisboa: Na Officina de Lourenco de Anueres, 1641. Cotas: 023,002,005 n.009 / V-320,5,12,n.9.

2

Elogio de poetas lvsitanos ao Fenix de Eapña Fr. Lope Felix da Vega Carpio, en su Laurel de Apolo. Por el Alferes Iacinto Cordero... - [Lisboa] por Iorge Rodriguez, 1631. Cota: 024,002,006 n.001.

3

Trivmpho frances. Recibimento, qve mandov Fazer sua Magestade el Rey Dom Ioão o quarto de Portugal ao Marquez de Bresse Embaixador,

Capitão General del Rey de França... Lisboa [Portugal], Officina de Lourenço de Anueres, 1641. Cota: 025,003BIS,008 n. 008.

Jerônimo Baía (1623-1688)

1

Canção heroica a magestade serenissima do nosso Invicto Monarcha D. Affonso VJ. A singular victoria, que suas sempre justas, & agora triunfantes Armas alcançárão, na memoravel batalha do Canal./ offerece a fr. Ieronymo Vaiha Monge de S. Bento. Lisboa [Portugal]: Na Officina de Henrique Valente de Oliveira, 1663, [s.n.]. Cota: 23,004,002 n. 011.

2

Decimas ao serenissimo rey d. Affonso VI, quando mandou alistar por saldado ao glorioso Sto. Antonio de Lisboa feitas/ Lisboa: Officina de Manoel Antonio Monteiro, [1758]. Cota: 041,013,020.

3

In: *Aplauzos academicos, e rellação do felice successo da celebre victoria de Ameixial, oferecidos ao excelentissimo senhor Dom Sancho Manoel, conde de Villaflor, pelo secretario da Academia dos Generosos, e Academico Ambicioso* [Antonio Alvares da Cunha]. Amsterdam, Jacob van Velsen, 1673. Ent. princ. Academia dos Generosos, Lisboa. Cota: 057C,004,006.

4

Canção, p. 324-330, Romance burlesco, p.331-332, epigrama. In: "Fama posthuma do venerável padre Fr. Antonio da Conceição",... pello padre D. Fr. Antonio Correa". Lisboa: Off. de Henrique Valente de Oliveira, 1658. Cota: 176, 6, 4.

Jeronimo Correa (m. 1668?)

Canção a morte do serenissimo infante dom Dvarte / Lisboa: Officina Craesbeeckiana, 1649. Cota: 023,003,004 n. 007.

Jeronimo da Silva Azevedo (-m.1661)

1

Canção, f39b-41b. In: *Memorias fvnebres, sentidas pelos Ingenhos Portugueses na morte da senhora Dona Maria de Attayde. Offerecidas a senhora Dona Lviza Maria de Faro, Condessa de Penagviam.* Lisboa: na Officina Craesbekiana, 1650. Cota: 024,001,007 n.001.

2

[Canção manuscrita.Cota: 023,003,004 n. 012].

Jerônimo Freire Serrão (m.1651)

Ode: Na ventvrosa, gloriosa, & milagrosa exaltação da S. R. Majestade del Rei nosso Senhor Dom Iohão o IV. o desejado, libertador da patria, felice, pio, sempre augusto Monarcha da Lusitania. / O licenciado Hieronymo Freire Serrão.... In: "Discurso politico da excellencia..." Lisboa, Jorge Rodrigues, 1647. [s.n.t.] Cota: 023,002,005 n.020.

Jeronimo Peixoto da Silva

Lagrimas de Onimo na morte de sev qverido Thezar... - Na Officina de Domingos Lopes Rosa, 1646]. [Obra atribuída. Misto em prosa e verso com duas décimas de Violante do Céu.] Cota: 024,002,004 n.003.

Joanna Josefa de Menezes, 3ª Condessa de Ericeira (1651-1709)

Despertador del Alma, al sueno de la vida. En voz de un advertido desengano. Lisboa [Portugal]. En la Emprenta de Manuel Lopes Herrera, 1695. [Obra atribuída ou tradução.] Cota: 235,01,08.

João Aires de Morais

Festivos aplavsos na felix victoria das armas lvsitanas e memorias fvnebres no fatal destrago da profia espanhola: na Batalha de

Montes Claros. Em 17. de Junho de 1665. / Pelo P.Ioam Ayres de Moraes Sylva. - Em Lisboa: Por Domingos Carneyro, 1665. Cota: 023,004,003 n. 014.

João Batista da Ponte (1677-1741)

1

Queyxas da formosura contra as tyrannias da parca, executadas em o coraçam de Portugal por meyo da morte de sua... rainha a senhora d. Maria Sophia Isabel de Neoburg. Tiradas do soneto oytenta e tres da primeira parte das rimas de Camões / por Joam Babtista da Ponte. Lisboa: Na Officina de Manoel Lopes Ferreyra, 1699. Cotas: 023,003,004 n. 024 / 226,001,012 n.013.

2

Dois sonetos, p.23 e p. 52. In: *Preludios encomiásticos de Francisco Leitão Ferreira. Berço natalício dedicado ao felice nascimento do Augusto primogenito das magestades lusitanas D. Pedo II & D. Maria Sofia Isabel de Neuburg Reys, & Senhores nossos, screvia-o... / Floriano Freyre Cita-Cesar.* Cota: V-314,5,10,n.1.

João de Mattos Fragoso, Dom (m.1692)

1

Acentos lyricos al feliz nacimiento del esclarecido principe, hijo primogenito de los señores reyes de Portugal... [S.l.: s.n.]. Cota: 023,001,002 n.010.

2

Festejo nupcial en las felizes bodas de la magestad de d. Pedro Segvndo, y la muy alta, soberana senora señora Doña Maria Sofia Isabel Palatina, Reyes de Portugal.../ / por d. Ivan de Matos Fragoso... -. [Madrid, Espanha: [s.n.], 1687?]. Cota: 023,002,001 n.013.

João de São Francisco, frei (m.1675)
Poema heroico, vitorioso sucesso e gloriosa vitoria do exercito de Portugal sobre a hostilidade da cidade de Evora neste anno de 1663. a el-rey nosso senhor D. Affonso VI... / Lisboa: Na Officina de Antonio Craesbeeck de Mello, 1663. Cotas: 035,009,005 / 023,004,002 n. 013 ex. 1.

João Franco Barreto (1600-depois de 1674)
1
Eneida portugueza / por Joao Franco Barreto.. ; com os argumentos de Cosme Ferreira de Brum... - Lisboa [Portugal]: Na Officina de Antonio Craesbeeck, 1664-1670. [Tradução.] Cota: 31,1,24.
2
Puras verdades da musa portuguesa, compostas por um curioso português... Em Lisboa: Na Officina de Lourenço de Anveres, 1641. [Atribuição.] Cota: 23, 2,5, 12.
3
Epitaphio, p.65. In: *Compedio panegirico da vida, e acçoens do excellentissimo senhor Luis Alverez de Tavora conde de S. João, marquez de Tavora.../ / escrito por Dom Ivis de Menezes, conde da Ericeira... Oraçam funebre, que pregou nas suas exequias o illvstrissimo senhor dom frey Luis da Sylva, bispo de Titiopoli... Varios versos dedicados ao mesmo assumpto.* Lisboa: Aut. Rodriguez d'Abreu, 1674. Cotas: 003,02,33, ex.1 / 217,02,17, ex.2.

João Manuel de Melo
1
À erudita, e discreta Apologia, que o... senhor Marquez de Valença fez em defensa do Theatro Hespanhol, em que promette, e cumpre generoso não offender o Theatro Francez. Soneto. [S.n.t.]. Cota: 024,01,02 n.14.

2

Ao illustrissimo, e excellentissimo senhor d. Estevão de Menezes, conde de Tarouca. Romance. [S.n.t.]. Cota: 024,01,02 n.04.

João Medeiros Correa (-1671)

Silva, f2b-4b; Endechas, f5b-6a; Soneto, f6b; Soneto, f7a; Glosa e décima, f8a; Sepulcral memoria, f8b-9b In: *Panegirico a Andre de Alboqverqve Ribafria Alcaide mor* de Sintra, mestre de campo general da provincia do Alentejo. Com os elogios qve a sva *morte se fizeram. Escreueo o d. Ioam de Medeyros Correa...* - [Lisboa] na officina de Domingos Carneiro, 1661]. Correa, João Medeiros, Cota: 024,01,03 n.05.

João Nunes da Cunha (1619-1668). Conde de São Vicente.

1

Soneto, p. 235v. In: *Varios versos ao felix nacimento, do serenissimo Infante Dom Pedro Manoel. Dos Academicos a qve Preside Dom Affonso de Meneses. Dedicados a Magestade da Raynha nossa Senhora, que Deos guarde.* Lisboa [Portugal]: Por Paulo Craesbeeck, 1648. Cota: 023,001,001 n.013.

Outras cotas:

218,003,017 n. 002 ex. 1

162,002,011 n.001.

João Pereira da Silva (m.1708)

1

Cançam panegyrica ao nascimento do muyto alto, e muyto poderoso Principe N.S. Em 30 de Agosto de 1688. Offerecida na manhã do mesmo dia a Magestade Serenissima... D. Pedro II.../ / Por Ioam Pereyra da Sylva... -. Lisboa: Na Officina de Miguel Deslandes, 1688. Cota: 023,001,002 n.005.

2
Epinicio lvsitano à memoravel victoria de Montes Clros, que alcançov o exercito delRey...d.Affonso VI.../ / Escreueo Ioão Pereira da Sylua. -. Lisboa: Na Officina de Henrique Valente de Oliueira, 1665. Cota: 023,004,003 n. 011.
3
Lysia savdosa consolandose com o seu Tejo aurifero rey dos rios, na dor sobre o encarecimento grande do intempestivo occaso da sua mais soberana Thetis a serenissima senhora d. Isabel Lvisa Iosefa.../ / Por Joam Pereyra da Silva. -. Lisboa: Officina de Miguel Deslandes, [1691]. Cota: 023,003,004 n. 019.
4
Cançam panegyrica, p.13-21. In: *Preludios encomiásticos de Francisco Leitão Ferreira. Berço natalício dedicado ao felice nascimento do Augusto primogenito das magestades lusitanas D. Pedo II & D. Maria Sofia Isabel de Neuburg Reys, & Senhores nossos, screvia-o... / Floriano Freyre Cita-Cesar.* Cota: V-314,5,10,n.1.

João Rodrigues de Sá e Meneses (3º conde de Penaguião) (1619-1658)
1
Elogio fvneral do principe d. Theodosio, n. senhor. Relação das exequias e lutos co que sentio sua morte o Exmo. Senhor João Extraordinario em Inglaterra / Escrita por hum criado que assiste a S. Excellencia. Londres 25. de Agosto, 1653. [s.n.t.] Cotas: 023,003,001 n.013 / 212, 3, 15.

Jorge Pinto de Morales
Maravilhas del Parmais y flon de en mecines romances graues, bunlescos... / recopilados de graues autores por... Em Barcelona: Em Casa de Sebastian y Jame Mathevão, ano 1640. Cota: 203,003,014.

José Correa de Brito

1

Epithalamio em os esponsalicios do senhor dom Ioseph Rodrigo da Camera Conde da Ribeira... com a... senhora Constança Emilia Dervão. Lisboa, na Impressão de Antonio Craesbeeck de Mello, 1683. Cota: 23, 5, 9 n.4.

2

Epithalamio em os... desponsorios do senhor d. Francisco Xavier Joseph de Meneses conde da Ericeyra, com a... senhora Joanna de Noronha... Escreve-o... Lisboa, Na Officina de Miguel Manescal, 1688. Cota: 23, 5, 9 n.6.

3

Tvmvlo apollineo, erigido As saudosas memorias do Senhor Francisco Mascarenhas, Conde de Cucolim... / Joseph Correa de Britto. Lisboa [Portugal]. Officina de Miguel Deslandes, 1865. Cota: 024,01,03 n.08.

José da Cunha Brochado (Félix Joseph da Soledade) (1651-1733)

Soneto, p.94. In: *Compedio panegirico da vida, e acçoens do excellentissimo senhor Luis Alverez de Tavora conde de S. João, marquez de Tavora.../ / escrito por Dom Ivis de Menezes, conde da Ericeira... Oraçam funebre, que pregou nas suas exequias o illvstrissimo senhor dom frey Luis da Sylva, bispo de Titiopoli... Varios versos dedicados ao mesmo assumpto*. Lisboa: Aut. Rodriguez d'Abreu, 1674. Cotas: 003,02,33, ex.1 / 217,02,17, ex.2.

José de Faria Manuel (/m.1689)

Varias poesias de D. Luis de Gongora. [S.l.]: [s. ed.], 1667. Cota: 237, 1, 13.

Leonarda da Encarnação
Décima preambular In: *Varias poesias*. Em Lisboa [Portugal]: por Mattheus Pinheiro, 1629 de Paulo Gonçalves de Andrade. Cota: 212,04,26. Outras cotas: 214,02,11 n.01, ex.1 / 022,01,08 n.01, ex.2 / 214,02,10 n.01, ex.3.

Leonardo de São José, frei (Leonardo Saraiva Coutinho) (1619-1703)
1
Applavsos lvsitanos da victoria de Montes Claros que tiueram os Portuguezes contra os Castelhanos em 17. de Iunho de 1665... / Por dom Leonardo de Sam Ioseph... - Em Lisboa: Por Domingos Carneiro, 1665. Cota: 023,004,003 n. 012.
2
Assvmpto glorioso do certamen academico dos Generosos de Lisboa, em louvor da purissima Conceiçam da V. Senhora Nossa protectora deste Reyno. Debaxo decvja protecçam conseguiraõ os Portuguezes o felicissimo Sucesso de vitoria do Canal. / Por dom Leonardo de Sam Ioseph Conego regular de S. Agostinho, & Pregador de Sua Magestade. - Lisboa [Portugal] Por Domingos Carneiro, 1663. Cotas: 023,004,002 n. 016 ex. 1 / 214,003,019 n. 001 ex. 2.
3
Décimas, fP2a. In: *Panegirico a Andre de Alboqverqve Ribafria Alcaide mor de Sintra, mestre de campo general da provincia do Alentejo. Com os elogios qve a sva morte se fizeram. Escreueo o d. Ioam de Medeyros Correa...* - [Lisboa] na officina de Domingos Carneiro, 1661]. Correa, João Medeiros. Cota: 024,01,03 n.05.

Lourenço de Aguilar, padre (1612-1676)
Panegyris ad amplissimvn dominvn Ioannem Rodericium de Sá Menesium Iacobae militiae equitem Joannis IV...Lusitanorum Regis

cubiculo Praepositum Penaguianensis Comitatus, & Status haeredem c &. - [s.n.t.] Cota: 024,001,001 n.004.

Lucas Veloso (1584-1653)
Pro Ioanne IV. rege serenissimo Portvcalensium... Mercvrivs gratvlatorivs. Avctos... p. Lvcas Velloso è Societate Iesv. Vlyssipone: apud Paulum Craesbeeck, 1647. Cota: 023,002,006 n.013.

Luís de Menezes, 3º conde de Ericeira, Dom (1632-1690)
Epitáfios, fl. 71/fl. 124, pg. 154/180v, Soneto em italiano. Fl. 167/ pg. 202. In: *Compedio panegirico da vida, e acçoens do excellentissimo senhor Luis Alverez de Tavora conde de S. João, marquez de Tavora.../* / escrito por Dom Ivis de Menezes, conde da Ericeira... Oraçam funebre, que pregou nas suas exequias o illvstrissimo senhor dom frey Luis da Sylva, bispo de Titiopoli... Varios versos dedicados ao mesmo assumpto, Lisboa: Aut. Rodriguez d'Abreu, 1674. Cotas: 003,02,33, ex.1 / 024,001,003 n.007 / 217,2,17, ex.2.
Outra obra:
190,001,025 ex. 1 / 168,007,006 ex. 3 / 220,003,003 ex. 4

Luís de Siqueira da Gama (m.1743)
Eclipse da fermosura... - Lisboa: Na off. de Miguel Deslandes, 1699. Cotas: 226, 1, 12 n.12 / 023,003,004 n. 031.

Luis do Couto Félix, padre (1642-1713)
Epitáfio, p.97. In: *Compedio panegirico da vida, e acçoens do excellentissimo senhor Luis Alverez de Tavora conde de S. João, marquez de Tavora.../ / escrito por Dom Ivis de Menezes, conde da Ericeira... Oraçam funebre, que pregou nas suas exequias o illvstrissimo senhor dom frey Luis da Sylva, bispo de Titiopoli... Varios versos dedicados ao mesmo assumpto.* Lisboa: Aut. Rodriguez d'Abreu, 1674. Cotas: 003,02,33, ex.1 / 024,001,003 n.007 / 217,2,17, ex.2.

Luís Nunes Tinoco

Sentimentos de Lysia mo intempestivo transito do serenissimo principe de Portugal primogenito dos... monarcas d. Pedro II. & D. Maria Sofia Isabel... que para alivio da pena, com outra mal aparada escrevia Luis Nunez Tinoco, Anno de 1688. [S.l.: s.n.]. Cota: 023,003,004 n. 023.

Manuel Bocarro Francês (Rosales) (1588-1662)

1

Anacephaleose da monarchia Luzitana. En Lisboa [Portugal], Por Antonio Alvarez, 1624. Cota: 058B,03,16, ex.1 / 021,03,12, ex.2 / 021,03,12a, ex.3 / 021,03,12b, ex.4 / IV – 454, 3, 24.

Manuel Borralho, frei (1643-1720)

1

Poetica discripcion de los festivos applausos, con que la nobleza, y pueblo Lisbonense celebró el felice casamiento de los monarchas d. Afonso VI. y la... princesa d. Maria Francisca Isabel de Saboya reyes... de Portvgal.... - Lisboa [Portugal]: en la Officina de Antonio Craesbeeck de Mello, 1667. Cota: 023,002,001 n.001.

2

Sylva encomiástica, p.25-35. In: *Preludios encomiásticos de Francisco Leitão Ferreira. Berço natalício dedicado ao felice nascimento do Augusto primogenito das magestades lusitanas D. Pedo II & D. Maria Sofia Isabel de Neuburg Reys, & Senhores nossos, screvia-o... / Floriano Freyre Cita-Cesar.* Cota: V-314,5,10, n.1.

Manuel Botelho de Oliveira (1636-1711)

Musica do Parnasso: dividida em quatro coros de rimas portuguesas, castelhanas, italianas, & latinas. Com seu descante comico redusido em duas comedias, offerecida ao excelentissimo senhor Dom

Nuno Alvares Pereyra de Mello... Lisboa: Na Officina de Miguel Manescal..., 1705. Cotas: C,003BIS,011 ex. 1 / C,003BIS,011A ex. 2 / OR-00131 (03) ex. 2.

Manuel Calado (1584-1654)
O valeroso Lucideno, e triunpho da liberdade. Primeira parte. Composta por o p. mestre frei Manoel Calado da Ordem de S. Paulo [etc.]... Dedicada ao serenissimo senhor dom Theodosio, principe do Reyno & Monarchia de Portugal. Em Lisboa: por Paulo Craesbeeck, Impressor, & Liueiro das Ordes Militares..., 1648. Cotas: 086,010,002 / C II,001,002 ex. 1.

Manuel Coelho de Carvalho
1
Prizão inivsta, morte fvlminada e testamento do... infante dom Duarte... -Em Lisboa [Portugal] Por Manoel da Sylva, 1649. Cota: 023,003,004 n. 009.
2
Sentimiento general a la mverte del serenissimo infante Don Duarte en el triste dia de sua funerales exequias.... / Por.... - Em Lisboa: por Manuel da Sylva, 1649. Cota: 023,003,004 n. 008.

Manuel da Nóbrega
1
Epicedio inconsolavel à morte do serenissimo principe de Portugal, D. Theodozio que faleceo em 15. de Mayo de 1653. - Lisboa: Officina de Domingos Lopes Roza, 1653. Cota: 023,003,004 n. 014.
2
Soneto, f27b e Égloga, f70b-75a. In: *Memorias fvnebres, sentidas pelos Ingenhos Portugueses na morte da senhora Dona Maria de Attayde. Offerecidas a senhora Dona Lviza Maria de Faro,*

Condessa de Penagviam. - Lisboa: na Officina Craesbekiana, 1650. Cota: 024,001,007 n.001.

Manuel das Chagas, frei (m.1666) (Manuel Rombo)

1

Theresa militante: poema heroico de desesseis cantos em oitava rima / Composto... pelo padre frey Manoel das Chagas. - Lisboa [Portugal], por Matheus Pinheiro, 1630. Cota: 237,002,008.

2

Cançam lirica ao nacimento do serenissimo infante Dom Pedro / Pelo licenciado Bartholomeu Rombo. - [Lisboa], por Antonio Aluarez Impressor, 1648. Cota: 023,001,001 n. 015 [Atribuída].

3

Threnos fvneraes a morte do serenissimo principe de Portvgal Dom Theodosio.... - Lisboa: Officina Craesbeekiana, 1653. Cota: 023,003,004 n.015.

4

Cantico gratvlatorio pello assasinio nam effeitvado. Offerece a Dom Ioam Lobo de Faro... Canta o.... - Em Lisboa: na Off. de Domingos Lopes Rosa, 1648. Cota: 023,002,006 n.016.

Manuel das Povoas (-1625)

Vita Christi. En Lisboa [Portugal], En la Officina de Pedro Crasbeeck, 1614. Cota: 058B,005,010.

Manuel de Abrantes (m.1717)

Epigrammata sacra per singulos anni dies juxta ordinem breviarii romani incipientia a Nativitate Domini nostri Jesu Christi... Ulyssipone [Portugal]: Ex Typographia Joannis Galrao, 1685. Cota: 219,03,20.

Manuel de Galhegos (1597-1665)

1

Gigantomachia de Manvel de Gallegos; a don Antonio de Menezes. En Lisboa: por Pedro Crasbeeck, 1626 [i.é. 1628]. Cota: 021,003Bis,019.

2

Obras varias al real palacio del buen retiro... Madrid [Espanha]: Maria de Quinones, 1637. Cota: 211,04,15.

3

Templo da memoria. Poema epithalamico, nas... bodas do... senhor duque de Bragança, & de Barcelos... Antes senhor de Gvimarains, de Valença, de Montemor o nouo, de Almada, da Bidigueira, & o mais antigo Duque de Europa. Avtor Manoel de Galhegos. Lisboa: Lourenço Craesbeeck, 1635. Cotas: 23, 5, 9n.3 / 212, 4, 6 ex.3.

4

Soneto XXVI in: *Certamen poetico em lovvor de dom Migvel de Noronha, conde de Linhares... ao valor com que no seu campo, sò â vista de todos, matou hum leão as lançadas. / Ordenado por dom Fernando de Faro.* - [Cota 24, 1, 1 n.3].

Manuel de Gouvea de Vasconcellos

Sonetos LIII e LIV. In: *Certamen poetico em lovvor de dom Migvel* de*Noronha, conde de Linhares... ao valor com que no seu campo, sò â vista de todos, matou hum leão as lançadas. / Ordenado por dom Fernando de Faro.* - Em Lisboa [Portugal]: Por Geraldo da Vinha, [1625?]. Cota: 024,001,001 n.003.

Manuel de Faria e Sousa (1590-1649)

1

Diviñas y hvmanas flores, primera y segvnda parte /por Manuel de Faria y Sousa.... - Madrid: Diego Flamenco, 1624. Cota: 093,001,023A.

2

Fvente de Aganipe o Rimas varias... Divididas em siete Partes... Con privilegio. - 2ª ed. Madrid: Carlos Sanchez Bravo [y Juan Sanchez], [1644]-1646. Cotas: 93, 1, 25-28 / 191,004,001-004.

Manuel de Leão

1

TriumphoLlusitano: aplausos festivos, sumptuosidades regias nos augustos despozorios do inclito Dom Pedro Segundo com a serenissima Maria Sophia Izabel de Babiera monarchas de Portugal... / Manuel de Leao. - Em Brusselas [Paises Baixos]: [s.n.], 1688. Cotas: 946.903 / 32,1,7,ex.1 / 187, 2, 3.

2

Soneto e Décimas, p.100 e 101. In: *Compedio panegirico da vida, e acçoens do excellentissimo senhor Luis Alverez de Tavora conde de S. João, marquez de Tavora.../ / escrito por Dom Ivis de Menezes, conde da Ericeira... Oraçam funebre, que pregou nas suas exequias o illvstrissimo senhor dom frey Luis da Sylva, bispo de Titiopoli... Varios versos dedicados ao mesmo assumpto.* Lisboa: Aut. Rodriguez d'Abreu, 1674. Cotas: 003,02,33, ex.1 / 024,001,003 n.007 / 217,2,17, ex.2.

Manuel de Pinho

Villancicos y romances, a la Natividad del ñino Iesu, nuestra Senõra y varios sonetos... Lisboa: Pedro Craesbeeck, 1615. Cotas: 021,003,037.

Manuel de Portugal, Dom (- m.1606)

Obras de Don Manuel de Portugal... -En Lisboa [Portugal]: Impresso por Pedro Craesbeeck, 1605. Cota: 869.1 / 021,02,10, ex.1 / 243,02,12, ex.2.

Manuel Gomes Serrano

1

Aplavso Vlysiponense pello felice nacimento do serenissimo infante Dom Pedro filho dos...Reys de Portugal Dom Ioão o quarto, & Dona Luiza d'Gusmão la Buena... Em Lisboa: Na Officina de Domingos Lopes Rosa, 1648. Cota: 023,001,001 n. 014.

2

Sonetos, p.240, 240v e 241. Romance, p.254 à p.256v. In: *Varios Versos ao felix nacimento, do serenissimo Infante Dom Pedro Manoel. Dos Academicos a qve Preside Dom Affonso de Meneses. Dedicados a Magestade da Raynha nossa Senhora, que Deos guarde.* Lisboa [Portugal]: Por Paulo Craesbeeck, 1648. Cota: 023,001,001.

Manuel Mendes de Barbuda Vasconcellos (1607-1670)

1

Sylva panegirica ao nascimento da serenissima princesa dirigida ao... principe D.Pedro Nosso Senhor. / Pelo Doutor Manoel Mendes de Barbuda, & Vasconcellos. - Lisboa Por Antonio Craesbeeck de Mello, 1669. Cota: 023,001,002 n.002.

2

Virginidos ov vida da Virgem Senhora Nossa. Poema heroico.../ por Manoel Mendez de Barbuda, & Vasconcelos. Lisboa: Na Officina de Diogo Soares de Bulhoens, 1667. Cotas: 217,003,009 / 191,002,017-018 (ex.2) / 17A, 5, 83.

Manuel Pacheco de Sampaio Valadares (1673-1737)

1

Ideas da saudade: imagens do sentimento, formadas na lamentavel morte da Senhora D. Maria Sofia Isabel... Rainha de Portugal. / por Manoel Pacheco de Valladares... - Lisboa: Officina de Miguel Deslandes, 1699. Cotas: 226,001,012 n.011 / 023,003,004 n. 030.

2

Soneto, p.54. In: *Preludios encomiásticos de Francisco Leitão Ferreira. Berço natalício dedicado ao felice nascimento do Augusto primogenito das magestades lusitanas D. Pedo II & D. Maria Sofia Isabel de Neuburg Reys, & Senhores nossos, screvia-o... / Floriano Freyre Cita-Cesar*. Cota: V-314,5,10,n.1.

Manuel Pires de Almeida (1597-1655)

1

Sonnet au Natal dum meme Prince, p.237. In: *Varios versos* ao *felix nacimento, do serenissimo Infante Dom Pedro Manoel. Dos Academicos a qve Preside Dom Affonso de Meneses. Dedicados a Magestade da Raynha nossa Senhora, que Deos guarde*. Lisboa [Portugal]: Por Paulo Craesbeeck, 1648. Cota: 023,001,001.

2

Poema In: *Vlyssippo, poema heroico*, de Antonio de Sousa de Macedo. Lisboa: Antonio Alvarez, 1640. Cotas: 026,002,025 / 002A,004,026.

Outra cota: 023, 001, 002.

Manuel Tavares Cavaleiro

Cançam ao feliz successo & gloriosa victoria, que em Montes Claros alcanc,aram dos inimigos as armas lvsitanas em 17, de Junho de 1665, / por Manual Tavares - Lisboa: Na Officina de Antonio Craesbeeck de Mello, 1665. Cota: 023,004,003 n. 015.

Manuel Tomás (1585-1665)

1

Insulana / de Manoel Thomas... - Em Amberes [Bélgica]: en caza de Joan Meursio, 1635. Cota: 27,4,22,ex.1

2
O phaenix da Lusitania ou Aclamaçam do serenissimo rey de Portugal dom Joam IV do nome: poema heroico/ por Manoel Thomas.- Ruam: por Lourenço Maurry, 1649. Cota: 226, 005, 001.

Outras obras:
226,03,04
V-133,1,13.

Maria de Mesquita Pimentel (1581-16?)
Memorial da infancia de Christo e Triumpho do divino amor. Primeira parte... / composto por Soror... - Em Lisboa: Iorge Rodrigues, 1639. Cota: 195, 1, 17.

Mariana de Luna
Ramalhete de flores a felicidade deste reyno de Portvgal em sua milagrosa restauração por sua Magestade Dom Ioão IV. do nome, & XVIII. em numero dos verdadeiros reys portuguezes. Dedicado a mesma magestade. / Por dona Mariana de Lvna.... - Em Lisboa [Portugal]: na Off. de Domingos Lopes Rosa, a custa d'autora, 1642. Cota: 023,002,006 n.005.

Miguel Botelho de Carvalho (1595-)
1
La Filis del Capitan Miguel Botelho de Carvalho. Al Conde de la Vidiguera. - Madrid: por Juan Sanchez, 1641. Cota: 21, 2, 11.
2
Rimas varias y tragi-comedia del martir d'Ethiopia / por el capitan Miguel Botello de Carvalho, secretario del Exmo señor Conde Almirante. Dedicado ao mismo Señor. - Em Ruan: En la Imprenta de Lorenço Mavrry, 1646. Cota: 27, 5, 7.

Miguel da Silveira (1576-1636)
El Macabeo, poema heróico / Miguel de Silveira. – Napoles: por Egídio Longo, [1638]. Cotas: V-318,5,17 / 212,004,002 / 021,002,008.

Miguel Leitão de Andrade (1555-1632)
Miscellanea do sitio D.N.S. da Lvz do Pedrogao Grande. Aparecimento de sua Stª Imagem. Fundacao do seu Convento da... com muitas curiozidades e profezias diversas. Lisboa [Portugal]: Matheus Pinheiro, 1629. Cota: 116B,03,04

Pascoal Ribeiro Coutinho (m. 1729) (Jasinto Pacheco Robrilvo)
1
Heptaphonon, ou portico de sett vozes. Luctuoso obsequio, e funeral culto, consagrado à magestade defvnta a... rainha e n.s. d. Maria Sofia Isabel de Neoburg... escrevev-o Pascoal Ribeyro Coutinho. - Lisboa: Na Officina de Manoel Lopes Ferreyra, 1699. Cotas: 023,003,004 n. 032 / 226, 1, 12 n.9.
2
Arco triunfal idea, e allegoria, sobre a Fabula de Paris em o Monte ida.../ / descreve-a Pascoal Ribeiro Coutinho. -. Lisboa: Na Officina de Miguel Manescal, 1687. Cota: 226, 1, 12 n.2.

Paula da Encarnação
Décimas preambulares In: *Virginidos ov vida da Virgem Senhora Nossa. Poema heroico...* / por Manoel Mendez de Barbuda, & Vasconcelos. Lisboa: Na Officina de Diogo Soares de Bulhoens, 1667. Cotas: 217,003,009 / 191,002,017-018 (ex.2) / 17A, 5, 83.

Paulo Gomes de Abreu
Festas qve celebrov esta Cidade ao Glorioso S. Antonio Patrão della, & louvores a entrada que nellas fez, & o mais que obrou o Conde da

Torre... / [Lisboa]: na Officina de Antonio Craesbeeck, 1660. Cota: 024,003,009 n. 008.

Paulo Gonçalves de Andrade

1

Varias poesias. Em Lisboa [Portugal]: por Mattheus Pinheiro, 1629. Cota: 212,04,26.

Outras cotas: 214,02,11 n.01, ex.1 / 022,01,08 n.01, ex.2 / 214,02,10 n.01, ex.3. Na cota 214,02,11 n.01, com: *Iardim de Apolo*, de Francisco de Francia y Acosta.

Pedro de Azevedo Tojal (- m.1742)

1

Triunfo da morte, despojos da magestade. em acçam de sentimeto da lamentavel morte da serenissima rainha de Portugal a senhora d. Maria Sofia Isabel de Neoburg nossa senhora.../ Por Pedro de Azevado Tojal... Lisboa: Na Officina de Manoel Lopes Ferreyra, 1699. Cotas: 023,003,004 n. 033 / 226,001,012 n.018.

2

Epitafio saudoso, despertador fvneral escrito na cinza da sepultura da... rainha de Portvgal a senhora d. Maria Sofia Isabel de Neobvrg, n.s. e tirado dos conceituosos gemidos de hu soneto, esculpido na mesma magoa/ por Pedro de Azevedo Tojal... Lisboa: Na Officina de Miguel Deslandes, 1700. Cota: 023,003,004 n. 025.

Pedro Luís Ossorio

Breve epilogo de glorias, de el... señor don Antonio Luiz Ribero de Barros, referido / por d. Pedro Luis de Ossorio. Madrid [Espanha]: 1673. Cota: 024,001,001 n.011.

Rafael Bluteau (1638-1734)

1

Porticus trivmphalis, a Regali Palatio, quà Meridiem spectat, In Tagum exporrecta, Ad publicam receptionem.../ / Mariae Sophie ingredientis, Anno Domini M.DC.LXXXVII die 11. Augusti, picti, inscriptique tabulis, jussu regis, irnata a... -. Ulyssipone [Portugal]: ex Typ. Michaelis Deslandes, 1694. Cota: 023,002,001 n.009.

2

Prothevs doloris in obitu serenissimae reginae Portvgalliae D. Mariae Franciscae Elisabetae a Sabaudia... Avthore... - [s.n.t.]: [s.n.]. Cota: 023,003,004 n. 017.

Outras obras: 024,001,001 n.013 / 074,02,14-16 / 023,002,007 n.034 / 023,002,007 n.036 / 023,002,007 n.035

Roque Pinto Lobato

Cancion ala prision, y muerte del serenissimo señor infante d. Duarte../ Compvesta por Roche Pinto Lobatto. Lisboa: Manoel Gomez de Carvallo, 1650. Cota: 023,003,004 n. 011.

Salvador Taborda Portugal (- m.1690)

1

Al la vali a quien dio muerte con una bala en Salvatierra la Serenissima Princesa de Portugal: Idilio / De Salvador Taborda Portugal. [S.l: s.n., 1685]. Cotas: 861 / 60,6,1, n.24 F.

2

Soneto, p.53, e endechas, da p.103 à p.107. In: *Compedio panegirico da vida, e acçoens do excellentissimo senhor Luis Alverez de Tavora conde de S. João, marquez de Tavora.../ / escrito por Dom Ivis de Menezes, conde da Ericeira... Oraçam funebre, que pregou nas suas exequias o illvstrissimo senhor dom frey Luis da Sylva, bispo de Titiopoli... Varios versos dedicados ao mesmo assumpto.*

Lisboa: Aut. Rodriguez d'Abreu, 1674. Cotas: 003,02,33, ex.1 / 217,02,17, ex.2.
Outra cota: 024,002,006 n.005.

Sebastião da Fonseca e Paiva (1625?-1705)

1

Applavsos festivos, e solemnes trivmphos com qve os heroes portuguezes celebrarão o feliz casamento dos dous monarchas d. Affonso VI e d. Maria Francisca Isabel de Saboya reyes... de Portugal , em Octubre, & Novembro de 1666... o academico Singular Sebastião da Fonseca e Paiva... - Em Lisboa: Na Officina de Antonio Craesbeeck de Mello, 1667. Cota: 023,002,001 n.002.

2

Relaçam da feliz chegada da serenissima senhora d. Maria Sofia Isabel, raynha de Portugal, à Cidade, & Corte de Lisboa, em 11. de Agosto de 1687, & descripção da ponte da Casa da India.../ por Sebastião de Affonseca, & Payva... -. Lisboa [Portugal]: Na Officina de Domingos Carneyro, 1687. Cota: 023,002,001 n.007.

3

Relaçam da magnifica, e sumptuosa pompa funeral: com que o Real Convenbto de Palmella da Ordem Millitar de Santiago, celebrou as Exequias da serenissima Rainha... D. Maria Sofia Isabel de Neoburg../ pelo P. Sebastiam da Fonseca, e Payva -Lisboa: Na Officina dos Herdeiros de Domingos Carneiro, 1699. Cotas: 226, 1, 12 n.10 / 023,003,004 n. 026.

4

Relaçam das festas de palacio, egrandesas de Londres, dedicada Amagestade da... Rainha da Gran Bretanha./ Pelo p. Sebastião da Fonseca... -. Londres: na officina de J.Martin, Ja. Allestry, & Tho. Dicas, 1663. Cota: 023,001,010 n. 013.

5
Relaçam dedicada À serenissima senhora Rainha dagran Bretanha Da Jornada que fes de Lixboa the Portsmouth pello p. Sebastião da Fonseca... - Londres: na officina de J.Martin, Ja. Allestry & Tho. Dicas, 1662. Cota: 023,001,010 n.011.
6
Relaçam dedicada as magestades de Carlos [e] Catherina reys da grande Bretanha da Jornada que fiserão de Portsmouth the Antoncourt e entradas de Londres./ Pello p. Sebastião da Fonseca... -. Londres: na officina de J.Martin, Ja. Allestrey(sic) & Tho. Dicas, 1662. Cota: 023,001,010 n. 012.
7
Segvnda parte da Relaçam do Trivmpho qve fez acidade de Lisboa, qvando os monarcas de Portugal forão à S. Sé desta Corte. & noticia dos arcos triumphaes/ por Sebastião de Affonseca, & Payva... -. Lisboa [Portugal]: Na Officina de Domingos Carneyro, 1687. Cota: 023,002,001 n.008.

Simão Correa da Silva

Soneto, f6a-6b. In: *Panegirico a Andre de Alboqverqve Ribafria Alcaide mor de Sintra, mestre de campo general da provincia do Alentejo. Com os elogios qve a sva morte se fizeram. Escreueo o d. Ioam de Medeyros Correa... - [Lisboa] na officina de Domingos Carneiro, 1661]. Correa, João Medeiros.* Cota: 024,01,03 n.05.

Simão Ramos

Soneto XXXI, fl.18a. In: *Certamen poetico em lovvor de dom Migvel de Noronha, conde de Linhares... ao valor com que no seu campo, sò â vista de todos, matou hum leão as lançadas. / Ordenado por dom Fernando de Faro.* Cota 24, 1, 1 n.3.

Teodósio de Contreiras da Silva (1656-1729)

1

Ao inclyto, magnanimo, soberano, augusto, e muito alto, e poderoso senhor rey de Portugal D. Joam o Quinto. Soneto em louvor da generosa prodigalidade, com que dispende dos seus Erarios com o Culto Divino. [s.n.t.]: [s.n.]. Cota: 023,002,008 n.019.

2

Ao transito savdoso da serenissima senhora infante d. Isabel Luiza Josepha... na exposição metrica da Glossa, que se offerece ao celebre soneto 'Venceo a morte (oh Fabio) a Fermosura '.../ Por Theodosio de Contreyras da Sylva. -. Lisboa: Officina de Miguel Deslandes, 1691. Cota: 023,003,004 n. 018.

3

Epithalamio ao...rela desposorio do...senhor duque d. Lvis Ambrosio de Mello, com a...Senhora Infante a Senhora dona Lviza, filha do... rey de Portugal d.Pedro II.../ Por Theodosio de Conteiras da Silva. -. Lisboa [Portugal]: Officina de Miguel Deslandes, 1695. Cota: 023,005,009 n.007.

Tomás Aranha, frei (1588?-1663)

1

Poesias compostas na Vniversidade de Coimbra na occasiao da... acclamação, & Coroação d'el Rei nosso senhor Dom Ioão o quarto de Portugal, que se não offerecerão no Certamen Poetico, que na dita Vniversidade ouve nem andão no livro dos seus applauso. - Em Lisboa [Portugal]: na Off. de Lourençom de Anveres, 1645. Cota: 023,002,006 n.012.

2

Soneto de frei Thomaz Aranha, com versos de Camões feito na aclamação de D. João IV publicado por Antonio Francisco Barata. Evora: Typ. Minerva, 1883. Cota: 016,003,014 n.014 ex. 1.

3
Sonetos com versos de Camões, feito na aclamação... Evora, Portugal, Tip. Minerva, 1883: [s.n.].Cota: I-205,5,7,n.1.

Valério da Costa e Gouveia (1678?-1742)
Obra em applauso dos felicissimos annos do serenissimo principe d. João nosso senhor offerecida por... - Lisboa: Na Officina de Antonio Pedroso Galrão, 1700. Cota: 023,001,006 n.005.

Vasco Mouzinho Quevedo e Castelo-Branco
1
Affonso Africano: Poema Heroyco da presa d'Arzilla et Tanger... / Autor Vasco Mausinho de Quebedo.[Poema Heroyco da presa d'Arzilla et Tanger] Em Lisboa [Portugal]: Por Antonio Alvarez, 1611. Cota: 026,01,04 ex.1 / 022,001,020 ex.1.
2
Discurso sobre a vida, e morte, de Santa Isabel Rainha de Portugal: [et] outras varias rimas / por Vasco Mousinho de Castelbranco.. Em Lisboa [Portugal]: Por Manoel de Lyra..., a custa de Estevao Lopes..., 1597. Cota: W1,01,11 ex.1.
3
Trivmpho del monarcha Philippo tercero en la felicissima entrada de Lisboa... - Lisboa [Portugal]: por Iorje Rodrigues, 1619. Cota: 023,001,009 n. 003 ex. 1.

Vicente de Gusmão Soares (1606-1675)
1
Lvsitania restavrada dirigida ao sev restavrador el rey dom Ioão o qvarto nosso senhor./ / Por Vicente de Gvsman Soarez. -. Lisboa: a custa de Lourenço de Anveres, & na sua Officina, 1641. Cota: 023,002,005 n.006.

2

Rimas varias en alabança del nacimiento del Principe N.S.Don Balthazar Carlos Domingo... - En o Porto [Portugal]:... Pro Iuan Roiz, 1630. Cota: 023,001,001 n.008.

3

Ultimas acções del Rey D. João IV... escritas, & oferecidas a Rainha Nossa Senhora/ / por vicente de Guzman Soarez. Por relação de quem assistio presente a todas ellas. -. Lisboa: na Officina Graesbeeckiana, 1657. Cota: 032,001,028.

4

Dois sonetos. f23b e f23a; Epitaphium, p. 85v. In: *Memorias fvnebres, entidas pelos Ingenhos Portugueses na morte da senhora Dona Maria de Attayde. Offerecidas a senhora Dona Lviza Maria de Faro, Condessa de Penagviam.* -Lisboa: na Officina Craesbekiana, 1650. Cota: 024,001,007 n.001.

Outra cota: 026,002,025

Violante do Céu, Sóror (1601-1693).

1

Oitavas a Nossa Senhora da Conceição. em aplauzo da vitoria de Montes Claros em 17. de Junho de 1665./ Compostas por a madre soror Violante do Ceo... -. Lisboa: Na Officina de Antonio Craesbeeck de Mello, 1665. Cota: 023,004,003 n. 009.

2

Parnaso lusitano de divinos e humanos versos compostos pela madre sóror... Lisboa Occidental: Na Officina de Miguel Rodrigues. 2v. Cota: V-156,2,17-18.

3

Dois sonetos, f20b e f21a; Décimas 64b-65ª. In: *Memorias fvnebres, sentidas pelos Ingenhos Portugueses na morte da senhora Dona Maria de Attayde. Offerecidas a senhora Dona Lviza Maria de*

Faro, Condessa de Penagviam. - Lisboa: na Officina Craesbekiana, 1650. Cota: 024,001,007 n.001.

4

Soneto preambular In: *Obelisco fvnebre ao serenissimo infante d. Dvarte no sentimento de sua morte...* /, Erigeo Antonio de Miranda Henriques. Lisboa: Domingos Lopez Rosa, 1650. Cota: 023,003,004 n. 006.

5

Décima preambular In: *Lagrimas de Onimo na morte de seu querido Thezar.* / Jeronimo Peixoto da Silva. [Lisboa]: Na Officina de Domingos Lopes Rosa, 1646. Cota: 024,002,004 n.003.

6

Poemas preambulares In: *A destruiçam de Espanha: restauraçam summaria da mesma...* por o doutor Andrre da Sylva Mascarenhas... - Lisboa: Por Antonio Craesbeeck de Mello, 1671. Cota: 185,003,004.

7

Soneto preambular In: *Varias poesias.* Em Lisboa [Portugal]: por Mattheus Pinheiro, 1629 de Paulo Gonçalves de Andrade. Cota: 212,04,26. Outras cotas: 214,02,11 n.01, ex.1 / 022,01,08 n.01, ex.2 / 214,02,10 n.01, ex.3.

8

Vilancicos e glosa In: *O forasteiro admirado: relac,am panegyrica do triunfo, e festas que celebrou o Real Convento do Carmo de Lisboa pela canonização da Serefiaca Virgem S. Maria Magdalena de Pazzi, religiosa de sua Ordem...* / Siro Ulperni. Lisboa: Officina de Antonio Rodrigues d'Abreu..., 1672. Cota: 30,004,021 ex. 1. / 218,001,012 ex. 2. / 167,001,006 ex. 3.

9

Soneto preambular In: *Virginidos ov vida da Virgem Senhora Nossa. Poema heroico...* / por Manoel Mendez de Barbuda, &

Vasconcelos. Lisboa: Na Officina de Diogo Soares de Bulhoens, 1667. Cotas: 217,003,009 / 191,002,017-018 (ex.2) / 17A, 5, 83.

10

Soneto preambular In: *Malaca conquistada por o grande Af. de Albuquerque. Poema heroico de... com os argumentos de Dona Bernarda Ferreira.* [Lisboa]: por Mathias Rodrigues, 1634. Cotas: 198, 4, 32 / 184,03,17 / V-281,3,1.

Livros de poetas do século XVI publicados no século XVII

André Falcão de Resende
Diogo Bernardes
Fernão Álvares do Oriente
Francisco de Sá de Miranda
Luís Vaz de Camões

André Falcão de Resende (1527-1599)

1

Microcosmographia, e descricao do mundo pequeno que e o homem ..Em Lisboa [Portugal]: Por Pedro Crasbeeck ..., 1615. [Obra atribuída erroneamente a Luís de Camões.] Cotas: 869.1 / 15,4,6B.

2

Microscosmographia, e descripcao do mundo pequeno que e o homem. [inclui "Da creacao, & composicao do homem"]. Lisboa [Portugal]: Por Antonio Craesbeeck d'Mello ..., 1669. [Obra atribuída erroneamente a Luís de Camões.]. Cota: 15,1,2,ex.1.

Diogo Bernardes (ca. 1530-1596)

1

Varias rimas ao bom Iesvs e a virgem gloriosa sva may, e a santos particvlares : |b com ovtras mais de honesta, & proveitosa liçam

... por Diogo Bernardes - Em Lisboa: per Iorge Rodriguez, 1601. Cota: 58A, 3, 7.

Fernão Álvares do Oriente (1540-?)
Da Lusitania transformada, dirigida ao illmo e mui excellente senhor D. Miguel de Menezes ... / [por Fernão Alvares do Oriente]. [Lisboa]: por Luis Estupinhan, 1607]. Cotas: 869.1 / 60,1,31 / 060,01,31, ex.1 / 230,02,19, ex.2.

Francisco de Sá de Miranda (1481?-1558)
As Obras do Doctor Francisco de Sa de Miranda. Agora de nouo impreffas com Relação de Sua calidade, & vida... - 2. ed. Lisboa: Por Vicente Aluares, 1614. Cotas: 026,001,009 ex.1 / 026,001,010 ex.2 / 026,001,009A ex.3 / 869.1 / 026,001,032 ex.1.

Luís Vaz de Camões (1524?-1580)
1
Comédia dos enfatriões / composta por Luis de Camões... - Em Lisboa [Portugal]: Por Vicente Alvarez, 1615. Cotas: 869.1 e 101,02,08 F.
2
Ecco savdoso que no caraçam do mayor monarca justamente sentido responde ao rigor com que a Parca... o destituhio da posse do seu mayor bem na morte da... senhora d. Maria Sofia Isabel rainha de Portugal. Glossa ao soneto decimo-nono da primeira parte das rimas de Luis de Camões... - Lisboa: Officina de Domingos Carneiro, 1661. Cotas: 023,003,004 n. 034 / 226, 1, 12 n.16.
3
Lusiada italiana: poema eroico / del grande Luigi de Camoes..; [tradotti per] Carlo Antonio Paggi ... - Lisbona [Portugal]: Per Henrico Valente de Oliueira, 1658. Os Lusiadas. Italiano. Cotas: 869.1 / 14,3,11,ex.1.

4
Lusiada italiano: poema heroico / del grande Luigi de Camoes... ; [traduzione] di Carlo Antonio Paggi... - Seconda impressione emendata dage' errori trascorsi nella prima. - Lisbona... [Portugal]: per Henrico Valente de Oliveira, 1659. Os Lusiadas. Italiano Cotas: 869.1 / 14,3,13,ex.1.
5
Lusiadas / do grande Luis de Camoens...; com argumentos do licenciado Joao Franco Barreto e index de todos os nomes proprios...- Lisboa [Portugal]: Por Antonio Crasbeeck de Mello, 1670. Cotas: 869.1 / 13,1,20.
6
Lusiadum: libri decem / Thoma de Faria ... [ex lusitana in latinam linguam translacti]. - Ulyssipone [Lisboa, Portugal]: Ex Officina Gerardi de Vinea, 1622. Os Lusiadas. Latim. Cotas: 14,3bis,22,ex.1. / 869.1
7
Lusiadum: libri decem / Thoma de Faria ... [ex lusitana in latinam linguam translacti]. - Ulyssipone [Lisboa, Portugal]: Ex Officina Gerardi de Vinea, 1622. Cota: 013,001BIS,011 ex.1
8
869.1.
Obra do grande Luis de Camoes ... Da creacao, [et] composicao do homem ... - Em Lisboa [Portugal]: Por Pedro Crasbeeck ..., 1615. Cota: 15,4,6B.
9
Obras de Luis de Camões ... / com os argumentos do Lecenceado João Franco BArreto [et] por elle eme[m]dadas em esta nova impressão ... - Da creação, & composição do homem. Microscosmographia, e descripcao do mundo pequeno que e o homem. Lisboa [Portugal] Por Antonio Craesbeeck d'Mello ..., 1669. Cota: 15,1,2,ex.1.

10
Obras de Luis de Camoes ... / com os argumentos do Lecenceado Joao Franco Barreto [et] por elle emedadas em esta nova impressao ... - Lisboa [Portugal]: Por Antonio Craesbeeck d'Mello. 1666-1669. Cotas: 869.1 / 17B,1,12.
11
Obras de Luis de Camoes ... / com os argumentos do Lecenceado Joao Franco Barreto [et] por elle emedadas em esta nova impressao ... - Lisboa [Portugal] por Antonio Craesbeeck, [1666]-1669. Cota: 869.1 / 015,001,001.
12
Obras de Luis de Camões... / com os argumentos do lecenceado (sic) João Franco Barreto, e por elle emedadas em esta nova impressão... - Lisboa [Portugal]: Na Officina de Antonio Craesbeeck de Mello ..., 1666-1669. Cotas 869.1 / 015,04,12 ex.1
13
Obras de Luis de Camões... / com os argumentos do lecenceado (sic) João Franco Barreto, e por elle emedadas em esta nova impressão... - Lisboa [Portugal] Na Officina de Antonio Craesbeeck de Mello ..., 1666-1669. 869.1 / / 015,004,012 ex.1 / 015,004,013-014 ex.2 / 013,005,016 ex.3 / 013,002BIS,004 ex.4 / 013,002BIS,005 ex.5 / 013,002BIS,006-007 ex.6.
14
Os Lusiadas / do grande Luis de Camoes ..., com os argumentos do licenciado Joao Franco Barretto, [et] index de todos os nomes proprios ... - Lisboa [Portugal]: Por Antonio Crasbeeck de Mello, 1670. Cota: 869.1 / 17A,2,55,n.2.
15
Os Lusiadas / do grande Luis de Camoens ... ; com os argumentos do licenciado Joao Franco Barreto [et] index de todos os nomes proprios ... - Lisboa [Portugal]: Por Antonio Craesbeeck de Mello ..., 1670. Cota: 869.1 / 13,2bis,1,n.1,ex.1.

16
Os Lusiadas / de Luis de Camoens; com os argumentos do Ldo. Joao Franco Barreto ... - Em Lisboa [Portugal]: Antonio Craesbeeck, 1663. Cotas: 869.1 / Obras Raras/13,1,18,ex.1.
17
Os Lusiadas / de Luis de Camoes - Em Lisboa [Portugal]: Por Paulo Craesbeeck, 1651. Cotas: 869.1 / 13,1,17.
18
Os Lusiadas / de Luis de Camoes - Em Lisboa [Portugal]: Por Paulo Craesbeeck, 1644. Cotas: 869.1 / 13,1,15.
19
Os Lusiadas / |c de Luys de Camoes. - Em Lisboa [Portugal]: Pedro Crasbeeck, 1631. Cotas: 869.1 / 13,1,14.
20
Os Lusiadas / do grande Luis de Camoens; commentados pelo licenciado Manoel Correa ... - Em Lisboa [Portugal]: por Pedro Crasbuck, 1613. Cotas: 869.1 / 13,1,10,ex.1.
21
Os Lusiadas / de Luis de Camoes... - Em Lisboa [Portugal]: Por Vicente Alvarez, 1612. Cotas: 869.1 / 13,1,9.
22
Os Lusiadas / de Luis de Camoes... - Em Lisboa [Portugal]: Por Vicente Alvarez, 1612. Cotas: 869.1 / 13,1,8.
23
Os Lusiadas / de Luis de Camoes. - Em Lisboa [Portugal]: Por Pedro Crasbeeck : A custa de Domingos Fernandez Livreyro, 1609. Cotas: 869.1 / 13,1,5,ex.1.
24
Os Lusiadas / de Luis de Camoes... - Em Lisboa [Portugal]: Por Pedro Crasbeeck : A custa de Domingos Fernandez livreyro, 1609. Cotas: 869.1 / 17,6,9,n.2.

25
Os Lusiadas / do grande Luis de Camoens ...; com os argumentos do licenciado Joao Franco Barreto [et] index de todos os nomes proprios ... - Lisboa [Portugal] Por Antonio Craesbeeck de Mello ..., 1670. Cotas: 869.1 / 013,002BIS,001 n.001 ex.1

26
Os Lusiadas / do grande Luis de Camoes..., com os argumentos do licenciado Joao Franco Barretto, [et] index de todos os nomes proprios ... - Lisboa [Portugal] Por Antonio Crasbeeck de Mello, 1670. Cotas: 869.1 / 017A,002,055 n.002.

27
Os Lusiadas / de Luis de Camoens; com os argumentos do Ldo. Joao Franco Barreto ... - Em Lisboa [Portugal]: Antonio Craesbeeck, 1663. Cotas: 869.1 / 013,001,018 ex.1.

28
Os Lusiadas / de Luis de Camoes. - Em Lisboa [Portugal]: Por Paulo Craesbeeck, 1651. Cotas: 869.1 / 013,001,017.

29
Os Lusiadas / de Luis de Camoes. - Em Lisboa [Portugal]: Por Paulo Craesbeeck, 1644. Cotas: 869.1 / 013,001,015.

30
Os Lusiadas / de Luis de Camoes... - Em Lisboa [Portugal]: Por Paulo Craesbeeck, 1644. Cotas: 013,01,15, ex.1;013,01,16, ex.2.

31
Os Lusiadas / de Luys de Camoes - Em Lisboa [Portugal]: Pedro Crasbeeck, 1631. Cotas: 869.1 / 013,001,014.

31
Os Lusiadas / do grande Luis de Camoens; commentados pelo licenciado Manoel Correa ... - Em Lisboa [Portugal]: por Pedro Crasbuck, 1613. Cotas: 869.1 / 013,001,010,ex.1.

32

Os Lusiadas / de Luis de Camoes... - Em Lisboa [Portugal]: Por Vicente Alvarez, 1612. Cotas: 869.1 / 013,001,008.

33

Os Lusiadas / de Luis de Camoes... - Em Lisboa [Portugal]: Por Vicente Alvarez, 1612. Cotas: 869.1 / 013,001,009.

34

Os Lusiadas / de Luis de Camoes... - Em Lisboa [Portugal]: Por Pedro Crasbeeck : A custa de Domingos Fernandez Livreyro, 1609. Cotas: 869.1 / 013,001,005 ex.001.

35

Os Lusiadas / Luis de Camoes... - Em Lisboa [Portugal]: Por Pedro Crasbeeck: A custa de Domingos Fernandez Livreyro, 1609. Cotas: 869.1 / 013,001,005 ex.001.

36

Os Lusiadas / de Luis de Camoes ... - Em Lisboa [Portugal]: Por Pedro Crasbeeck: A custa de Domingos Fernandez livreyro, 1609. Cotas: 869.1 / 017,006,009 n. 002 / OR-00536 (02).

37

Rimas / do grande Luis de Camoens ... - Lisboa [Portugal]: Por Antonio Craesbeeck de Mello ..., 1670. Cotas: 869.1 / 13,2bis,1,n.2,ex.1.

38

Rimas / de Luis de Camoes ... - Nesta nova impressam emmendadas, [et] acrescentadas / pello lecenciado Ioam Franco Barreto. - Lisboa [Portugal]: Na Officina de Antonio Craesbeeck de Mello ..., 1666-1669. Cota: 869.1.

39

Rimas / de Luiz de Camoens ... - Em Lisboa [Portugal]: Na Officina de Antonio Craesbeeck de Mello, 1663. Cotas: 869.1 / 13,1,19,n.2,ex.1.

40
Rimas : primeira parte / de Luis de Camoes. - Agora novamente emendadas nesta ultima impressao, [et] acrecentada hua Comedia nunca ategora impressa. - Em Lisboa [Portugal]: Na Officina de Paulo Craesbeeck ..., 1645. Cotas: 869.1 / 15,4,10.

41
Rimas : primeira [- segunda] parte / de Luis de Camoes. - Agora novamente emendadas nesta ultima impressao. - Em Lisboa [Portugal]: Por Lourenco Craesbeeck, 1623 [i.e. 1632]. Cota: 869.1.

42
Rimas : primeira parte / de Luis de Camoes. - Novamente acrescentadas, [et] emendadas nesta impressao ... Com dous epithafios ... - Em Lisboa [Portugal] : Por Antonio Alvarez, 1621. Cotas: 869.1 / 15,4,7.

43
Rimas / de Luis de Camoes. - Agora novamente impressas com duas comedias do autor. Com dous epitafios feitos a sua sepultura ... e hum prologo em que conta a vida do author ... - Em Lisboa [Portugal]: Na Officina de Pedro Crasbeeck : A custa de Domingos Fernandez ..., 1616. Cotas: 869.1 / 15,4,6.

44
Rimas / de Luis de Camoes. - Agora novamente impressas com duas comedias do autor: com dous epitafios feitos a sua sepultura ... e hum prologo em que conta a vida do author ... - Em Lisboa [Portugal]: Na Officina de Pedro Crasbeeck: A custa de Domingos Fernandez ..., 1616. Cotas: 869.1 / 15,4,5,ex.1.

45
Rimas / de Luis de Camoes. - [Lisboa]: Por Pedro Craesbeeck: A custa de Domingos Fernandez Livreyro, 1608?]. Cotas: 869.1 / 17,6,9,n.1.

46
Rimas / de Luis de Camoes. - Acrescentadas nesta Terceyra impressao ... - Em Lisboa [Portugal]: por Pedro Craesbeeck ..., 1607. Cotas: 869.1 / 15,4,4.
47
Rimas ... / de Luis de Camoes. - Acrescentadas nesta terceyra impressao ... - Em Lisboa [Portugal]: Por Pedro Crasbeeck: a custa de Domingos Fernandez ..., 1607. Cotas: 869.1 / 15,4,2.
48
Rimas ... / de Luis de Camoes. - Acrescentadas nesta terceyra impressao. - Em Lisboa [Portugal]: Por Pedro Crasbeeck: a custa de Domingos Fernandez ..., 1607. Cotas: 869.1.
/ 015,04,03
49
Rimas ... - / de Luis de Camoes. - Acrescentadas nesta terceyra impressao ... - Em Lisboa [Portugal]: Por Pedro Crasbeeck: A custa de Domingos Fernandez ..., 1607. Cotas: 869.1/ 13,5,14.
50
Rimas ... de Luis de Camoes. - Acrescentadas nesta terceyra impressao ... - Em Lisboa [Portugal]: Por Pedro Crasbeeck: a custa de Domingos Fernandez ..., 1607. Cotas: 869.1/ 015,004,002 / 015,004,003.
51
Rimas / do grande Luis de Camoens ... - Lisboa [Portugal] Por Antonio Craesbeeck de Mello ..., 1670. Cotas: 869.1 / 013,002BIS,001 n.002 ex.1.
52
Rimas / de Luiz de Camoens ... - Em Lisboa [Portugal]: Na Officina de Antonio Craesbeeck de Mello, 1663. Cotas: 869.1 / 013,001,019 n.002,ex.1.

53

Rimas / de Luis de Camoes. - Agora novamente impressas com duas comedias do autor: com dous epitafios feitos a sua sepultura ... e hum prologo em que conta a vida do author ... - Em Lisboa [Portugal]: Na Officina de Pedro Crasbeeck: A custa de Domingos Fernandez ...,1616. Cotas: 869.1 / 015,004,005 ex.1.

54

Rimas / de Luis de Camoes. - Agora novamente impressas com duas comedias do autor. Com dous epitafios feitos a sua sepultura ... e hum prologo em que conta a vida do author ... -Em Lisboa [Portugal]: Na Officina de Pedro Crasbeeck: A custa de Domingos Fernandez ..., 1616. Cotas: 869.1 / 015,004,006

55

Rimas / de Luis de Camoes. - [Lisboa, Portugal: Por Pedro Craesbeeck: A custa de Domingos Fernandez Livreyro, 1608?]. Cotas: 869.1 / 017,006,009 n. 001 / OR-00536 (01)

56

Rimas / de Luis de Camoes. - Acrescentadas nesta Terceyra impressao ... -Em Lisboa [Portugal]: Por Pedro Craesbeeck ..., 1607. Cotas: 869.1 / 015,004,004.

57

Rimas : primeira parte / de Luis de Camoes. - Agora novamente emendadas nesta ultima impressao, [et] acrecentada hua Comedia nunca ategora impressa. - Em Lisboa [Portugal]: Na Officina de Paulo Craesbeeck ..., 1645. Cotas: 869.1 / 015,004,010.

58

Rimas: primeira [- segunda] parte / de Luis de Camoes. - Agora novamente emendadas nesta ultima impressao. - Em Lisboa [Portugal]: Por Lourenco Craesbeeck, 1623 [i.e. 1632]. Cotas: 869.1 / 015,004,008.

59
Rimas : primeira parte / de Luis de Camoes. - Novamente acrescentadas, [et] emendadas nesta impressao ... Com dous epithafios ... - Em Lisboa [Portugal]: Por Antônio Alvarez, 1621. Cotas: 869.1 / 015,004,007.

60
Rimas varias / de Luis de Camoens ...; commentadas por Manuel de Faria, y Sousa ... - Lisboa [Portugal]: Na imprenta de Theotonio Damaso de Mello: En la Imprenta Craesbeeckriana, 1685-1688. Cotas: 869.1 / 15,5,3,t.1 e 2,ex.1.

61
Os Lusiadas. Inglês. The Lusiad, or, Portugals historicall poem / written in the Portingall (sic) language by Luis de Camoens; and now newly put into English by Richard Fanshaw ... - London [Inglaterra]: Printed for Humphrey Moseley ..., 1655. Cotas: 869.1 / 14,4,1,ex.1.

Poetas seiscentistas editados no livro Fênix Renascida com publicações datadas do século XVIII

Antonio dos Reis
Duarte Ribeiro de Macedo
Francisco de Melo, Dom
Francisco de Vasconcelos Coutinho
José do Couto Pestana

Antonio dos Reis (1690-1738)

1
Joanni V. Epigrammatum libri guinque... - Ulyssipone Occidentali [Portugal]: Ex Praelo Josephi Antonii a' Sylva, 1728. Cotas: V-048,07,09, ex.1 / V-048,07,10, ex.2 / V-048,07,11, ex.3.

2

Outras cotas: V-203,6,9-15 [Corpus illustrium poetarum lusitanorum] / V-032,08,11-12, ex.1 V-032,08,13, ex.2 / V-032,08,14, ex.3 / V-032,08,15, ex.4.

Duarte Ribeiro de Macedo (1618-1680)

1

Obras do doutor Duarte Ribeiro de Macedo. -Lisboa: Na Officina de Antonio Rodrigues Galhardo, 1767. Cota: V-157,4,6.

2

Soneto epitáfio e madrigal, F22a e F22v, madrigale em italiano, f26v, Elegia IIII, da p.54 à p.53v. In: Memorias fvnebres, sentidas pelos Ingenhos Portugueses na morte da senhora Dona Maria de Attayde. Offerecidas a senhora Dona Lviza Maria de Faro, Condessa de Penagviam. - Lisboa: na Officina Craesbekiana, 1650. Cota: 024,001,007 n.001.

Francisco de Melo, Dom

Illustriss. nobilissimoque viro d.d. Francisco de MeloPortugalliae regis ad ludovicum XIII. regem Christianissimum legato. English Hybernus, Guilielmus. [S.n.t.]. Cota: 024,001,001 n.005.

Francisco de Vasconcelos Coutinho (1665-1723)

1

Feudo do Parnasso, e victima numerosa, que às aras da soberana Magestade do ... Rey D. João V consagrava ... bacharel formado na Faculdade dos sagrados canones pela Universidade de Coimbra. Lisboa Occidental: Na Officina de Pedro Ferreira, 1729. Cota: V-308,3,20,n.1.

2
Hecatombe metrico: consagrado às aras da cruz sacratissima e à pureza immaculada da sempre Virgem Maria Nossa Senhora. Lisboa Occidental: Na Officina de Pedro Ferreyra, 1729. Cota: V-308,3,20,n.2.
[Nota: as duas obras encontram-se no mesmo volume de 1729].

José do Couto Pestana (1672-1735)
1
Quiteria santa: poema sacro/ Joseph do Couto Pestana.- Lisboa: Off. Joseph Lopes Ferreyra, 1715. Cota: V-321,2,8.
2
Epithalamio real nos felicissimos desposorios dos reys d. Joam V. & d. Maria-Anna Regina Josepha Antonia de Austria... Offerece-o... Joseph do Couto Pestana. - Lisboa [Portugal]: na Off. de Valentim da Costa, 1709. Cota: 023,002,002 n.003.
3
Outavas epithalamicas, em que se pede as nymphas do Tejo celbrem os... Despozorios do ... Senhor d.Joseph Miguel João de Portugal, IX conde Vimiozo, com a... Senhora d.Luiza de Lorena. / Por Joseph do Couto Pestana... - Lisboa Occidental [Portugal]: Officina da Musica, 1729. Cota: 023,005,010 n.003.

Alameda nas redes sociais:
Site: www.alamedaeditorial.com.br
Facebook.com/alamedaeditorial/
Twitter.com/editoraalameda
Instagram.com/editora_alameda/

Esta obra foi impressa em São Paulo no outono de 2019. No texto foi utilizada a fonte Minion Pro LH em corpo 10,5 e entrelinha de 15,25 pontos.